Amrûn
PHANTASTIK

Der Fluch der Dunkelgräfin

Simona Turini

Content Notes

Bei Triggerwarnungen oder Content Notes handelt es sich um die Benennung von sensiblen Themen, damit die Leser*innen selbst die Verantwortung ergreifen und sich entscheiden können, ob sie einen bestimmten Text (in einer bestimmten seelischen Verfassung) lesen wollen.

Drogenkonsum, Alkoholismus, Gewalt, Misshandlungen, sexuelle Gewalt, sexueller Missbrauch (angedeutet), Fehlgeburt, Kindsmissbrauch, Abtreibung, Missbildungen, Depressionen

© 2021 Amrûn Verlag
Jürgen Eglseer, Traunstein
17/2021

Lektorat: Carolin Gmyrek
Umschlaggestaltung: Mark Freier

Alle Rechte vorbehalten

ISBN TB – 978-3-95869-398-2
ISBN E-Book – 978-3-95869-352-4
Printed in the EU

Besuchen Sie unsere Webseite:
amrun-verlag.de

Bibliografische Information der Deutschen Nationalbibliothek:
Die Deutsche Nationalbibliothek verzeichnet diese Publikation
in der Deutschen Nationalbibliografie; detaillierte bibliografische
Daten sind im Internet unter http://dnb.d-nb.de abrufbar

v1/21

Karlsruhe 26. Jul 2021

Für alle meine Schwestern.

Für Gut –
ich hoffe, du hast
ein wenig Spaß
mit meiner Geschichte!
Lincoln

Melissa - Ein Verhörprotokoll

Anmerkung der Autorin:

Manche Erzählungen, die man als junge Schriftstellerin verfasst, lässt man verschämt in der Schublade verschwinden und holt sie höchstens wieder hervor, um sie frustriert in die Tonne zu schmeißen. Aber manche andere Erzählungen gefallen auch nach Jahren noch.

Obwohl ich in der Zwischenzeit – auch durch meine Arbeit als Lektorin – gelernt habe, was ich damals alles nicht unbedingt optimal gelöst habe, gehört »Melissa« eindeutig in die zweite Kategorie.

Ja, die Geschichte gefällt mir. Ich bin sogar sehr stolz darauf.

Deshalb habe ich sie, nachdem sie erstmals 2013 im eBook »Kronos« und im folgenden Jahr als Taschenbuch (»6 Pieces – Meat & Greet« zusammen mit Sönke Hansen) erschien, nun überarbeitet und lasse sie erneut auf das geneigte Publikum los. In der bescheidenen Hoffnung, sie möge in diesem Rahmen vielleicht die Anerkennung bekommen, die sie verdient.

Gleiches gilt im Übrigen für »Kronos«, die ebenfalls überarbeitet und ergänzt in diesem Band vertreten ist.

Aus der Tageszeitung der Stadt M. vom 24. Juli 19xx
Vermischtes

In der Nacht brannte das Haus des angesehenen Arztes Dr. Clemens Bromer bis auf die Grundmauern nieder. Die Feuerwehr konnte lediglich ein Übergreifen der Flammen auf die benachbarten Häuser verhindern. Zur Stunde ist noch nicht bekannt, ob es Überlebende gibt. Dr. Bromer hatte das Haus gemeinsam mit seiner Ehefrau Maria Bromer, geborene Lüttich, bewohnt. Das Paar hatte keine Kinder.

Aus der Tageszeitung der Stadt M. vom 26. Juli 19xx
Entsetzlicher Fund in Brandruine

Nachdem in der Nacht zum Mittwoch das Haus des Arztes Dr. Clemens Bromer vollständig abbrannte (wir berichteten), machte die Feuerwehr bei der Untersuchung der Ruine eine grauenhafte Entdeckung. Neben den Leichen von Dr. Clemens Bromer und seiner Frau Maria Bromer fanden sich die Überreste von mindestens einem Dutzend Kleinkindern.

Noch gibt es keine Hinweise auf die Identität der Kinder oder die Art ihres Todes, doch scheinen die meisten von ihnen unter verschiedenen Missbildungen gelitten zu haben. Die Leichen wurden im ehemaligen Keller des Hauses gefunden. Einige von ihnen waren vom Feuer bis zur Unkenntlichkeit verbrannt oder waren noch ganz oder teilweise begraben. Die Ermittlungen dauern zur Stunde noch an.

Nach vorläufigen Angaben der Feuerwehr brach das Feuer im Wohnzimmer im Erdgeschoss des Hauses aus, wo auch die Leiche Maria Bromers aufgefunden wurde. Ihr Mann befand sich im Schlafzimmer. Brandstiftung kann nicht ausgeschlossen werden.

Protokoll der Aussage der Zeugin S. W.
M., den 28. Juli 19xx

Anwesende:
Polizeihauptkommissar Peter Bauer,
Polizeikommissar Harald Steiger,
Polizeiobermeister Arnd Pjetrowski,
Zeugin S. W.

Die Befragung wird durch PK Steiger durchgeführt, das Protokoll führt POM Pjetrowski

»Bitte nennen Sie Ihren vollständigen Namen, Ihren aktuellen Wohnort und Ihren derzeitigen Beruf.«
»Mein Name ist S. W. Ich wohne in W. und habe als Krankenschwester im Kloster St. Maria gearbeitet, aber zurzeit bin ich Hausfrau.«

»Woher kannten Sie Doktor Clemens Bromer?«
»Ich war lange die persönliche Assistentin von Dr. Bromer. Er schätzte meine große Diskretion. Es war schön, für ihn zu arbeiten, für einen so großen und klugen Mann, einen regelrechten Helden.

Dr. Bromer ist der beste Arzt der Welt. Vermutlich auch der berühmteste. Doch sein eigentliches Können ist wohl kaum einem Menschen bewusst. Es wissen wohl auch nur wenige zu schätzen.«

»Wie meinen Sie das?«
»Lassen Sie es mich so sagen: Der Doktor hat schon so manche Frau glücklich gemacht, die das überhaupt nicht erwartet hätte. Oder gewünscht.«

»Werden Sie doch bitte etwas konkreter, Frau W.!«

Die Zeugin wirkt nervös.

»Bitte, erst müssen Sie mir versprechen, dass Sie meinen Namen nicht weitergeben! Ich will nicht als Verräterin dastehen. Auch, wenn jetzt alle sagen, dass es falsch war, habe ich doch nur getan, was der Doktor verlangt hat – und ich habe es gerne getan. Also versprechen Sie mir, dass Sie Stillschweigen bewahren, wenn es an meine Identität geht!«

»Streichen Sie den Namen der Zeugin aus dem Protokoll. Erzählen Sie von Ihrer Arbeit in dem Krankenhaus, Frau W.«
»Ich nahm meine Arbeit im Kloster im Jahr 19xx auf. Ich war ein junges Mädchen aus armen Verhältnissen, meine Mutter war froh, dass ich diese Anstellung gefunden hatte. Eine Ausbildung, das müssen Sie sich mal vorstellen! Das Land lag in Trümmern, man kämpfte ums Überleben, aber ich, eine einfache Bauerstochter aus dieser unbedeutenden

Familie, durfte in einer der Bedienstetenkammern in diesem schönen großen Haus wohnen.

Das Kloster diente, wie so viele andere in jenen harten Zeiten, auch als Hospital, und die Ordensschwestern und wir Pflegeschülerinnen taten alles, um den Kranken und Verletzten beizustehen.

Ich lernte, was man als Pflegerin können muss. Und ich putzte, wusch die Patienten, verband ihre Wunden und verteilte die Medikamente. Ich sprach mit ihnen, wann immer ich ein wenig Zeit dafür hatte. Das ist wichtig, wissen Sie: Wenn man krank ist, braucht man jemanden, der sich kümmert. Es ist wichtig für die Heilung, dass ab und zu jemand fragt, wie man sich fühlt. Oder ob man etwas braucht. Das war meine Aufgabe: den Patienten bei der Heilung helfen.«

»Sie waren nur eine Pflegehelferin?«

»Genau, nur eine Pflegehelferin.

Dr. Bromer war ein wahrer Heiler, der beste Arzt im ganzen Hospital. Ich glaube manchmal, er war der Einzige, der wirklich etwas für die Kranken tun konnte. Er war so zärtlich, so fürsorglich und aufmerksam. Besonders zu den Frauen, die zu uns kamen.

Dr. Bromer war Gynäkologe, aber natürlich musste bei uns jeder alles können.«

»Warum das?«

»Na, weil wir so wenige waren. Es waren harte Zeiten, jeder wurde gebraucht. Es gab nicht allzu viele Ärzte, die während und nach dem Krieg arbeiten konnten.

Dr. Bromer waren die Kämpfe erspart geblieben, weil

er so kurzsichtig war. Er war nahezu blind, nur mithilfe seiner dicken Brille konnte er sehen, und dann auch nur Dinge in seiner Nähe. Jeder wusste es, und Dr. Bromer wusste, dass sich alle mehr oder weniger offen darüber lustig machten. Dr. Maulwurf nannten sie ihn, oder Dr. Blindschleiche.

Dumme kleine Scherze machten sie, auf Kosten eines Genies. Ich habe nie über den Doktor gelacht, oder ihm einen solch geschmacklosen Namen gegeben. Sie wussten alle nicht, was er durchmachen musste. Sie wussten doch alle nichts!«

Die Zeugin erregt sich sehr und erhebt die Stimme.

»Wollen Sie eine Pause machen?«

Die Zeugin nickt. Zehn Minuten Pause.

»Was wissen Sie über das Privatleben von Dr. Bromer?«
»Er war verheiratet und hatte einmal eine Tochter gehabt, Melissa, die mit multiplen Fehlbildungen zur Welt gekommen war. Was für ein schlimmer Ausdruck ist das.

Ich war zu der Zeit aber noch nicht im Hospital, man hat mir nur davon erzählt.

Melissa konnte sich nicht richtig bewegen, sie hat angeblich nicht einmal geweint. Immer nur gewimmert, ganz leise. Wie ein kleines, verletztes Tier.

Man kann ja immer mehr Krankheiten behandeln, aber als Melissa geboren wurde, konnte man nichts tun, es tobte ja noch der Krieg. Man konnte nur hoffen, dass das Kind überleben und sich das Problem auswachsen würde. Aber das passierte natürlich nicht.«

»Wissen Sie, was für Fehlbildungen das Kind hatte?«

»Keiner sprach gerne über die genaue Natur von Melissas Behinderungen, aber einige der Ordensschwestern erwähnten eine der vielfältigen Prüfungen Gottes. Ich glaube, so spricht man nur über ein besonders hartes Schicksal. Nun, auf jeden Fall starb die Kleine schon nach wenigen Wochen.«

»Und zu diesem Zeitpunkt, der Geburt und dem frühen Tod der Tochter von Dr. Bromer, waren Sie noch nicht in dem Hospital?«

»Nein, damals noch nicht. Ich fing erst einige Monate später dort an.«

»Wann erfuhren Sie von den Machenschaften des Doktors?«

»Machenschaften?«

Die Zeugin runzelt die Stirn.

»Als er mich das erste Mal ins Vertrauen zog, das war 19xx, da hatten sie gerade das Untersuchungsverfahren eingestellt. Vermutlich hatte es ihn beeindruckt, dass ich ihn vor dem Ausschuss in Schutz genommen hatte.«

»Welcher Ausschuss?«

»Der Untersuchungsausschuss, wegen der Medikamente und der Bücher.

Sie müssen wissen, dass das Hospital einen hervorragenden Ruf hatte, besonders in Anbetracht der Tatsache, dass es seinen Ursprung allein im Wunsch der Ordensschwestern hatte, einen mildtätigen Beitrag in Kriegszeiten zu leisten.

Nun war es so, dass seit Monaten Medikamente verschwanden. Es waren allzu viele, und es waren sehr teure darunter. Auch welche, die sich nicht ohne Probleme ersetzen ließen. Die Ausgaben für den Ersatz waren groß, es musste auffallen. Besonders, da wir ja nicht viel hatten, was wir ausgeben konnten.

Dennoch war es merkwürdig, denn auch nach Wochen sagten die Angestellten alle, dass sie nichts Ungewöhnliches gesehen hätten. Ich dagegen wusste durchaus, was los war. Sofort als die ersten Schwestern befragt wurden, war mir klar, was passiert sein musste. Ich hatte ihn nämlich gesehen.

Es war an einem Sommerabend gewesen, Juli und sehr heiß, zu Beginn meiner Nachtschicht. Wir hatten alle Fenster und auch die großen Flügeltüren zum Garten geöffnet, eine warme Brise strich durch die Flure und blähte die Vorhänge.

Es ist so himmlisch, wenn der Wind durch den dünnen Stoff fährt und ihn hochhebt, als wolle er tanzen ... Ich konnte nicht widerstehen: Ich stellte mich unter den Vorhang und ließ mich von dem Stoff und dem warmen Wind streicheln.

Es wäre mir peinlich gewesen, wenn mich eine der anderen Pflegerinnen oder gar ein Arzt bei diesem unerlaubten Müßiggang erwischt hätte, aber ich war sicher, dass das nicht passieren konnte, weil ich noch wenigstens bis Mitternacht allein sein würde. Das Abendessen war längst ausgegeben und die Medikamente verteilt, also war nun nichts mehr zu tun, wenn nicht ein Patient plötzlich Probleme bekam.

Ich stand also in der Tür zum Garten und genoss die Brise und die sanfte Berührung des Vorhangs, da sah ich ihn aus dem Schwesternzimmer kommen. Dr. Bromer meine ich. Er war irgendwie merkwürdig. Vielleicht wirkte er nervös. So kannte ich ihn nicht, denn er war sonst immer so ruhig, so gelassen und ... sicher.

Aber an jenem Abend war er hektisch. Er bemerkte mich nicht, vermutlich weil er so nervös war oder weil der Vorhang mich verdeckte.«

»War es normal, dass Ärzte sich im Schwesternzimmer aufhielten?«

»Nein, es ist sogar sehr verdächtig, wenn plötzlich jemand aus dem Schwesternzimmer schleicht. Ich war diejenige im Nachtdienst, die Einzige bis Mitternacht. Es war also niemand in dem Raum.

Er musste aus der Medikamentenkammer gekommen sein, einem alten Besenschrank an der hinteren Wand. Sonst gab es dort nichts.

Damals dachte ich mir nicht viel dabei, ich wunderte mich nur über sein Benehmen, denn die Ärzte pflegten uns zu sagen, was sie benötigten, und wir brachten es ihnen. Manche wussten nicht einmal, wo sich welche Medikamente befanden! Das war unsere Aufgabe.

Aber als sie uns befragten, da wurde es mir klar: Doktor Bromer hatte die Medikamente genommen. Er war es gewesen!«

»Warum haben Sie das niemandem erzählt?«

»Ich konnte ihn nicht einfach verraten. Wie hätte

ich das tun können? Er war so unglaublich wichtig für das Haus! Was hätten denn seine Patientinnen ohne ihn machen sollen?

Sie werden mich dafür verurteilen, aber ich wollte ihn nicht verraten. Diese dumme Sache durfte auf keinen Fall an die Öffentlichkeit gelangen! Es hätte einen Skandal gegeben. Der Doktor hätte seine Arbeit verloren, und er hätte wohl auch keine andere mehr gefunden.

Und wir Mädchen, wir konnten doch auch nichts anderes als Kranke pflegen, es gab nicht viele Häuser, in denen wir eine Anstellung bekommen hätten.

Und ich, ich wollte auch nicht weg von ihm. Der Doktor war so klug, er brachte mir so vieles bei ...

Also log ich. Behauptete, ich hätte keine Ahnung, ich hätte nichts gesehen. Obwohl ... da sei doch diese neue Pflegeschülerin, dieses einfältige Ding, das nichts richtig konnte und sich auch nicht wirklich bemühte. Die sei doch einige Male gesehen worden, wie sie um das Schwesternzimmer herumschlich, obwohl man ihr andere Aufgaben zugeteilt hatte. Das war nicht einmal gelogen, denn Lena versuchte oft, sich um ihre Arbeit zu drücken. Sie wurde eingehend befragt, sagte aber nichts, weinte viel und wurde schließlich entlassen. Kein Verlust für uns.

Man war froh, einen Sündenbock gefunden zu haben, und da der Schwund anschließend zurückging, fragte auch niemand weiter nach.

Natürlich wurden noch genauso viele Medikamente entwendet wie vorher, aber es fiel nicht mehr auf.«

»Wie das?«

»Die Medikamente, die verschwanden, tauchten in den Büchern nicht mehr auf. Nicht vor dem Diebstahl, und natürlich auch nicht danach. Ich weiß das genau, denn ich war es, die die Bücher fälschte. Ich brachte die Medikamente zum Doktor, damit er sie seiner Frau bringen konnte.«

»Warum brauchte Dr. Bromers Frau Medizin? War sie krank?«
»Nein, war sie nicht. Zumindest nicht auf die Art, wie Sie glauben. Sie war eher ... liebeskrank. Melissas Tod hatte ihr das Herz gebrochen.

Sie verließ das Haus nicht mehr, und sie sprach auch mit niemandem. Nicht einmal mit ihrem Mann. So sagte er jedenfalls. Sie sang den Kindern immer etwas vor. Aber sie sprach nicht. Da musste der Doktor doch etwas tun, und er tat das Einzige, das Maria helfen konnte: Er brachte ihr Melissa zurück.«

»Kinder? Hatten die Bromers doch mehr als ein Kind?«
»Was? Ach, nein. Nein, das hatten sie nicht. Sie hatten nur Melissa, immer wieder.

Bitte, darf ich ein Glas Wasser haben? Das ist alles so anstrengend.«

»Aber natürlich. Lassen Sie uns eine kleine Pause machen. Bringen Sie Frau W. bitte ein Glas Wasser.«

Pause.

»Was können Sie uns über Doktor Bromers Frau sagen?«

»Ach, Maria, die Muttergottes. Eine reinere und schönere und frommere Frau kann auch ihre Namensgeberin nicht gewesen sein. Ist es nicht ein schöner Zufall, dass ihr Mann ausgerechnet in einem Kloster Anstellung fand, das der Heiligen Maria geweiht war, sozusagen seiner Frau?

Letzten Endes hatte es alles keinen Sinn. Sie wissen schon: was wir getan haben. Aber wir mussten es einfach versuchen, es wieder und wieder versuchen. Vielleicht hätten wir ihr ja doch noch helfen können!

Wir nahmen sie nur von Frauen, die sie nicht verdient hatten. Das müssen Sie mir glauben!«

»Was meinen Sie damit?«

»Na, die Kinder. Wir nahmen sie nicht von den liebenden Müttern, den aufgeregten jungen Frauen, die mit ihren Männern kamen, die glücklich lächelten, wenn es endlich so weit war, wenn sie endlich ihr Kind in Armen halten konnten, und das nach allem, was das Land durchgemacht hatte.

Wer hätte gedacht, dass überhaupt jemand zurückkehren und Kinder zeugen würde?

Wir nahmen doch nur die, die sowieso nicht glücklich hätten leben dürfen. Die Kranken am häufigsten. Kleine Schwachköpfe, denen man schon direkt nach der Geburt ansah, dass sie niemals laufen lernen würden, oder sprechen.

Oft waren es die unschuldigen Opfer heimlicher Abtreibungsversuche. Das war damals noch streng verboten und man hielt geheim, was man darüber wusste. Manchmal glaube ich, in diesen dummen Zeiten haben die Leute einfach über die Dinge geschwiegen, die ihnen nicht gepasst haben. Wenn man nicht darüber spricht, dann existiert es nicht, und dann kann es auch niemandem schaden.

Was dachten sie sich nur? Hatten sie nicht gerade erst die schlimmsten Gräueltaten gesehen, hatten sie nicht am eigenen Leib erfahren, zu was der Mensch fähig ist? Natürlich gab es all diese schlimmen Dinge, und besonders häufig gab es böse Männer, die in dreckigen Hinterzimmern arme Frauen mit Drahtbügeln und rostigem Besteck und giftigen Kräutern zum Bluten brachten.

Aber es funktionierte eben nicht immer, und wenn die Frauen überlebten, dann kamen sie zu uns, um die ungewollten Bastarde, kaputte Babys ohne Zukunft aus ihren Leibern zu pressen.

Die verdorbenen Früchte der zahlreichen Vergewaltigungen, die die Befreier unseren Frauen antaten.

Da war es doch ein Akt der Nächstenliebe, diesen Kindern ein Leben in Elend und Schmerzen zu ersparen, und ihren Müttern die Bürde der Verantwortung für ein ewiges Kleinkind, noch dazu die immerwährende Erinnerung an die Schmach und das schreckliche Verbrechen, das an ihnen begangen worden war!

Wir nahmen auch die, deren Mütter krank waren. Die Hurenkinder und die Verbrecherkinder. Die Frauen wollten sie doch überhaupt nicht haben. Man hat ihnen angesehen, wie erleichtert die waren, wenn man ihnen sagte, dass das Kind gestorben war. Die wollten ihr Kind noch nicht einmal sehen. Nie wollten sie das.

Dann wussten wir: Das wird Marias Kind sein.«

»Gab es viele Geburten in dem Hospital?«

»Das Hospital war über die Jahre gewachsen, und natürlich hatten nach der Rückkehr der Männer, die den Krieg überlebt hatten, auch die Hochzeiten und danach die Geburten wieder zugenommen. Wir waren wenige, aber wurden viele, und unser Werk trug Früchte.«

»Erzählen Sie uns mehr über Melissa Bromer.«

»Die Geburt der kleinen Melissa war bereits ungewöhnlich schwer gewesen, aber natürlich hatte Dr. Bromer sich hervorragend um Maria gekümmert, sie überstand alles recht gut. Doch Melissa konnte er nicht helfen, sie war wie gesagt schwer krank und es gab keine Hoffnung. So sagte er mir zumindest.

Maria schien anfangs sehr gefasst, liebevoll kümmerte sie sich um ihre Tochter, versuchte, sie zu füttern, schmuste mit ihr, sang ihr Lieder vor und erzählte ihr Geschichten. Aber schon kurze Zeit später wurde das Mädchen immer schwächer und schwächer und schließlich fand der Doktor es tot in den Armen seiner verzweifelten Frau.

Vermutlich ist es verhungert, das arme kleine Ding. Etwas stimmte nicht mit seinem Mund, es konnte nicht trinken.

Maria verstand nicht, was passiert war. Sie hatte das Baby aus seinem Bett holen wollen, aber das Mädchen bewegte sich nicht, war ganz kalt und steif.

Anschließend zog sie sich in sich zurück, sie hörte zu sprechen auf und tat auch sonst nichts mehr. Den ganzen Tag saß sie in Melissas Zimmer und starrte vor sich hin, manchmal liefen ihr die Tränen über die Wangen, aber sie gab keinen Laut von sich.

Wenn sie gezwungen wurde, das Kinderzimmer zu verlassen, nahm sie eine Puppe mit, die ihrer Tochter gehört hatte, drückte sie an sich, wie sie es mit dem toten Kind gemacht hatte, und manchmal sang sie der Puppe ein Schlaflied vor.

Dr. Bromer war ratlos. Er liebte seine Frau sehr, und auch die kleine Melissa, natürlich. Er wollte helfen, wollte Maria neue Lebensfreude schenken, und so beschloss er, dass ein neues Kind hermusste.«

»Sie meinen, er wollte seine Frau erneut schwängern?«

»Richtig. Doch sie gab sich ihm nicht mehr hin. Wie auch: Sie tat ja überhaupt nichts, geschweige denn, ihre ehelichen Pflichten zu erfüllen.

Also nahm er sie sich, gegen ihren Willen offenbar, denn Maria tat sich nach dieser unheilvollen Nacht Fürchterliches an: Als wollte sie den Samen ihres Mannes aus ihrem Inneren holen, vielleicht auch eingebildete Reste ihres toten Babys, oder einfach verhindern, dass ein neues Kind in ihr entstand, auf jeden Fall traktierte sie sich mit einer Wurzelbürste, die sie in Seifenlauge getaucht hatte.«

»War das auch vor Ihrer Zeit im Hospital?«

»Ja. Resi, die dem Doktor bei der Rettung seiner Frau assistiert hatte, erzählte mir nur allzu lebhaft von den schrecklichen Verletzungen. Um ein Haar wäre Maria verblutet.«

»Was geschah dann?«

»An eine weitere Schwangerschaft war nach diesem Drama natürlich nicht mehr zu denken. Es wurde offensichtlich, dass Maria kein neues Kind wünschte, sie wollte ihr Kind wiederhaben. Also suchte der Doktor nach Wegen, ihr Melissa zu bringen.

Er fand eine Möglichkeit, als eines Nachts eine junge Frau aus der Umgebung, ich glaube, sie kam aus W., bereits in den Wehen nach St. Maria gebracht wurde. Sie flehte um Hilfe, doch ihre Begleiter ließen keinen Zweifel daran, dass zwar die Frau wieder mit ihnen nach Hause fahren würde, ihr Baby aber nicht.

Solche Fälle kamen immer wieder vor, dann benachrichtigten wir gemeinhin das Waisenhaus in N., damit jemand das Kind abholte.

In dieser Nacht rief der Doktor dort jedoch nicht an.

Er schickte die Schwestern weg und kümmerte sich persönlich um die Versorgung des Neugeborenen. Dass er das kleine Mädchen mit nach Hause nahm, statt es wie behauptet zum Waisenhaus zu bringen, sollte niemals jemand erfahren.«

»Aber Sie wussten es?«

»Nun ja, es sollte niemand erfahren, bis ich begann, ihn bei seiner Mission zu unterstützen. Natürlich informierte er mich über alles, was wichtig war. Schließlich sollte ich ihm helfen, ihm und Maria. Unsere Beziehung war etwas ganz Besonderes.

Wie dem auch sei, hier hätte alles enden können, alle hätten friedlich weiterleben können, liebendes Ehepaar, liebende Eltern, glückliches Kind. Und auch ich wäre glücklich gewesen.

Doch etwas in Maria muss mit dem Tod ihrer Tochter zerbrochen sein. Sie nahm das kleine Mädchen, das der

Doktor ihr als Melissa in die Arme legte, und wiegte es, sang ihm ein Lied vor, ging mit ihm auf und ab, um es zu beruhigen.

Dennoch hätte der Doktor gewarnt sein müssen: Maria sang für die Kleine, aber sie sprach nicht mit ihr oder ihrem Mann, sie war immer noch weit, weit weg, in ihrer eigenen geheimnisvollen Welt.

So kam es, dass Dr. Bromer die beiden allein ließ. Ich weiß nicht, was er getan hat oder wo er hingegangen ist, vielleicht war er nur im Bad, aber die kurze Abwesenheit genügte, denn als er wiederkam, saß Maria im Kinderzimmer und wiegte Melissas Puppe. Das Baby war nirgendwo zu sehen. Der Doktor fragte seine Frau, wo es denn sei, warum sie es nicht bei sich habe, aber sie reagierte nicht. Er fand es schließlich in einer Waschschüssel in der Küche, unter Wasser.«

»Hat sie das Kind ertränkt?«
»Nein, es war nicht ertrunken.

Maria hatte ihm die kleinen Ärmchen verdreht, bis seine Schultern ausgekugelt waren, sie hatte sein linkes Bein am Knie gebrochen und umgedreht, sie hatte an seiner Unterlippe gezerrt, bis sie ganz dick und blau geworden war, und schließlich hatte sie wohl sein Köpfchen traktiert, denn Melissa hatte zu allem anderen auch einen unnormal platten Schädel gehabt, wie er bei Kindern ohne Gehirn vorkommt.

Die neue Melissa hatte diese Behandlung selbstverständlich nicht überlebt, und als Maria das Kind schließlich baden wollte, war es nicht mehr Kind gewesen, sondern ein blutiges kleines Ding, umgeformt zu einem Zerrbild der behinderten Tochter. Damit war sie wohl uninteressant geworden und Maria hatte sie einfach in der Wanne liegen lassen und getan, was sie immer tat: Sie setzte sich mit Melissas Puppe in Melissas Zimmer.«

»Was hat Dr. Bromer daraufhin getan?«
»Er konnte es sich natürlich nicht leisten, den Leichnam eines entführten Babys in seinen privaten Räumlichkeiten aufzubewahren, also vergrub er die Überreste in dem alten Gewölbekeller unter seinem Haus und versuchte zu vergessen, was er gesehen hatte.

Als könnte man solch ein Erlebnis vergessen! Als könnte man den Anblick eines geschundenen Kindes vergessen! Ich habe selbst einige von Marias Kindern im Arm gehalten, wenn ich neben dem Doktor gewartet habe, bis das Loch tief genug war, um es zur letzten Ruhe zu betten.«

»Was hat sie mit diesen Kindern gemacht?«
»Es war immer das Gleiche: Die verdrehten Ärmchen, die starr vom kleinen Körper abstanden, die blauen, geschwollenen Schultern, das kaputte Bein und der eingeschlagene Schädel, mit aller Kraft auf eine Tischplatte oder den Boden geschmettert, platt gedrückt, eine einzige blutige Masse.

Aber am schlimmsten waren die Gesichter: Die Gewalt, mit der Maria die Köpfe der Kinder umzuformen versuchte, drückte auch ihre Augen heraus, sodass wir ihnen im Tod oft nicht einmal die Lider schließen konnten. Blicklos starrten sie uns an, anklagend. Und ihre kleinen, puppenhaften

Münder klafften auf, wenn Maria ihnen die Lippen abgerissen hatte, oder schwollen zu Schmollmündern, wenn ihr das nicht gelungen war.

Der Doktor hatte recht: Maria wollte kein neues Kind, sie wollte ihre Melissa zurück.«

»Wie konnten Sie diese grausamen Morde zulassen? Waren Sie nicht entsetzt, erschüttert?«

»Natürlich war ich das. Aber es war doch möglich, dass wir eines Tages Melissa finden würden, und dann wäre doch alles gut gewesen.

Ist das nicht ein schöner Gedanke? Wie sehr diese Mutter ihr Kind liebte, trotz all seiner Unzulänglichkeiten, trotz der schrecklichen Behinderung, die auf die meisten Menschen sicherlich abstoßend gewirkt hatte? Eine solche Mutterliebe hat etwas Heiliges, und genau deshalb versuchten wir auch weiterhin, Maria ein Kind zu bringen, eine neue Melissa, die sie umsorgen konnte.

Welch ein wundervolles Leben die Kleine hätte haben können!«

Die Zeugin beginnt zu weinen.

»Lassen Sie uns eine halbe Stunde Pause machen.«

Pause

»Ab wann waren Sie in die Verbrechen involviert?«
»Warum nennen Sie es immerzu Verbrechen? Ich habe doch versucht, Ihnen zu erklären, warum wir das taten!«

»Lassen Sie mich die Frage anders stellen. Ab wann ... halfen Sie Dr. Bromer mit den Kindern?«

»Nachdem ich die Sache mit dem Diebstahl der Medikamente – das ist übrigens ein echtes Verbrechen! – vertuscht hatte, wollte ich natürlich wissen, warum das notwendig geworden war.

Ich vertraute vollkommen auf die Einschätzung des Doktors und war sicher, dass er einen guten Grund für sein Tun gehabt hatte, aber ich musste ihn mit meinen Fragen konfrontieren. Er dachte lange nach und bat mich schließlich, ihn am Abend in seinem Haus zu besuchen. Dort lernte ich Maria und Melissa kennen.«

»Melissa? Meinen Sie eines der entführten Kinder?«

»Nein, ich meine Melissa. Maria zeigte mir ihr Bild, der Doktor erzählte mir von ihr. Maria sah so glücklich aus, als wir über die Kleine sprachen.«

»Was hat Dr. Bromer Ihnen alles erzählt?«

»Er hatte nach der Katastrophe mit dem Baby, das er Maria aus dem Hospital mitgebracht hatte, lange nicht gewusst, was er nun tun sollte. Doch einige Monate später – mittlerweile hatte ich meine Arbeit in St. Maria aufgenommen – kam wieder eine Schwangere, eine Frau mittleren Alters. Sie überlebte die Geburt nicht.

Sie schien keine Verwandten in der Gegend zu haben, und da die Frau krank gewesen war, ging es dem Neugeborenen zu schlecht, um es sofort dem Waisenhaus übergeben zu können.

Dieses Kind hatte keine Chance auf ein normales Leben.

Es erholte sich nur langsam von den Strapazen seines Eintritts in die Welt, konnte oder wollte nicht schreien, aß nur wenig und wuchs kaum. Eines Abends verkündete Dr. Bromer traurig, das Kleine sei gestorben, er habe es bereits abholen lassen, auf dass es in einem der Armengräber hinter dem Kloster bestattet würde.

Später erzählte er mir, dass das eine Lüge gewesen war, er hatte das Kind mit nach Hause genommen, schließlich war es offensichtlich behindert, genau wie seine kleine Melissa. Maria würde es vielleicht annehmen.«

»Das tat sie aber nicht?«

»Natürlich nicht. Das neue Kind bekam die gleiche Behandlung wie das erste, und ebenso wie das erste starb es daran.

Der Doktor wollte sich seiner Verzweiflung nicht einfach hingeben, es musste doch eine Möglichkeit geben, einem Kind mit den Beschwerden seiner Tochter ein annähernd normales Leben zu gewähren!

Diesmal dauerte es nur wenige Wochen, bis die nächste Frau bei uns ein Kind gebar, das sie nicht haben wollte. Der Doktor musste nicht einmal lügen, um es zu bekommen: Alles lief vollkommen glatt und schon nach wenigen Tagen konnte er Mutter und Kind gesund und munter nach Hause schicken.

Nun, eher nicht munter, denn offenbar hatte die Frau kein Interesse an ihrem kleinen Sohn. Dr. Bromer fand das Baby im Vorgarten unter einer Hecke, halb erfroren. Er zögerte nicht und brachte es nach Hause, gab es aber diesmal nicht seiner Frau. Nicht sofort.«

»Was tat er stattdessen?«

»Er pflegte es wieder gesund, bevor er es betäubte und an seinem Körper nach und nach all die Unzulänglichkeiten nachbildete, die Melissa umgebracht hatten.

Verstehen Sie, deshalb benötigte er so viele Medikamente: Er betäubte das Kind, verband die Wunden, die er ihm zufügen musste, gab ihm Mittel gegen Schmerzen und mögliche Entzündungen. Was den deformierten Schädel anging, versuchte er, sich die Weichheit der kindlichen Knochen und die natürlichen Öffnungen im Schädel eines Säuglings zunutze zu machen.«

»Wie sollte das funktionieren?«

»Er hat mir erklärt, dass die alten Ägypter ganz ähnliche Dinge taten. Sie haben Kindern die Schädel in feste Bandagen gewickelt und sie so verformt. Es schien ihm zu gelingen, er konnte seiner Frau endlich ein innerlich gesundes Kind bringen, das lediglich scheinbar so krank war wie ihre Tochter.

Wie entsetzt musste er gewesen sein, als er am nächsten Tag feststellte, dass all seine Mühe vergebens gewesen war! Der Sohn hatte zwar Melissas Behinderung, aber er war nun einmal ein Junge.

Anfangs war Marias Freude groß gewesen. Sie hatte das Baby gewiegt und gefüttert – Letzteres sogar endlich erfolgreich, denn der Junge konnte schlucken. Doch am nächsten Morgen, als sie es baden oder wickeln wollte, war ihr der entscheidende Unterschied zwischen diesem fremden Kind und ihrer Tochter aufgefallen, und wie schon bei den anderen Kindern zuvor hatte sie versucht, diesen Unterschied auszumerzen.

Mit einer großen Küchenschere entmannte sie den Säugling, der daraufhin elend verblutete. Das arme Kind hatte sein Leiden endlich hinter sich, und der Doktor begrub einen weiteren kleinen Leichnam in seinem Keller.

Er verfluchte sich und seine Kurzsichtigkeit. Solch ein dummer Fehler würde ihm nicht noch einmal passieren! Der Doktor hatte seine Aufgaben schon immer sehr ernst genommen, so auch diese, die Wichtigste in seinem Leben.«

»Wann genau begannen Sie ihm zu ... helfen?«
»Nun, bisher hatte der Doktor alles allein durchmachen müssen, aber nun, nachdem das Fehlen der Medikamente aufgefallen war und ich den Ausschuss auf eine falsche Fährte geführt hatte, fasste er Vertrauen zu mir.

Er ließ mich Maria kennenlernen, die süßeste, schönste Frau von allen. Und er ließ mich an seinem Leben teilhaben. Mich! Ich war bereit, ihm in allen Belangen beizustehen. Es schien mir alles so schrecklich, und er tat mir so fürchterlich leid! Und Maria, die arme, traurige Maria! Auch ohne selber Mutter zu sein, konnte ich doch nachfühlen, wie es ihr gehen musste.«

»Wann halfen Sie das erste Mal bei einer Entführung?«
»Entführung! Ich glaube, Sie wollen mich überhaupt nicht verstehen! Wir entführten die Kinder nicht, wir nahmen lediglich die in Obhut, die sowieso keine Familie hatten.

Es dauerte lang, bis wir Maria ein neues Kind bringen konnten. Die Tochter eines polnischen Arbeiters, der in den Obstfeldern, die sich rings ums Dorf schmiegten, bei der

Ernte half, war schwanger. Das junge Mädchen gebar eine wunderschöne Tochter, die aber nicht schreien wollte — spontan beschloss ich, diesen Umstand zu nutzen, und brachte den Säugling hastig ins Nebenzimmer.

Wir erklärten das Baby für tot und die Polen wirkten fast erleichtert.

Nur die frisch entbundene Mutter weinte und weinte und ließ sich nicht trösten. Sie wollte das Kind sehen, aber zum Glück hielt ihre Mutter sie davon ab. Die Alte war sehr abergläubisch und dachte, dass alle potenziellen Enkel tot zur Welt kommen würden, wenn wir ihrer Tochter den Leichnam in die Arme legen würden.

Mir war das nur recht, ich hätte nicht gewusst, was ich hätte tun sollen, wenn die Familie darauf bestanden hätte, das Neugeborene mitzunehmen. Ein Wunder hätte ich beschwören müssen: Oh, es lebt ja doch! Der Heilige Geist waltet an diesem Ort!

Stattdessen konnte ich das Mädchen zu Dr. Bromer bringen.«

»Dr. Bromer hat bei dieser Geburt nicht geholfen?«
»Nein, er hatte an diesem Tag frei.«

»Wie hat er auf das Kind reagiert?«
»Er schien es nicht fassen zu können. Fast schon entsetzt wollte er mich wegschicken, aber ich überzeugte ihn davon, dass niemand von dem Säugling wusste, dass alle ihn für tot hielten. Ich hatte sogar die notwendigen Instrumente für die Umformung des kleinen Körpers mitgebracht.

Der Doktor sah ein, dass ich alles richtig gemacht hatte, er nahm das Baby und verwandelte es in Melissa.«

»Hatten Sie kein Mitleid mit dem Kind?«
»Aber nein, wir taten ihm ja nicht weh, es bekam doch Schmerzmittel. Wir waren auch sehr vorsichtig, besonders beim Auskugeln der Gelenke und den Knochenbrüchen.

Die Fortschritte in der Entwicklung des Mädchens waren erstaunlich. Ihr kleiner Kopf schien nur darauf zu warten, sich endlich abplatten zu dürfen, ihre schmalen Schultern kugelten sich wie von selbst in die aparte Haltung, die Marias erste Tochter gehabt haben musste, ihre Lippen wölbten sich den zwickenden und teilenden Zangen förmlich entgegen.

Es war Melissa! Maria würde überglücklich sein!

Aber sie nahm die Kleine erneut nicht an. Vielleicht waren es die Augen des Babys, die nicht stark genug aus dem Gesicht hervorquollen, vielleicht stimmte der Winkel des umgekehrten Unterschenkels nicht genau. Vielleicht war es auch das unausgesetzte Schreien der Kleinen, das Maria dazu veranlasste, sie zu schütteln bis ihr schwaches Genick brach und sie für immer verstummte.«

»Wie lange taten Sie das alles?«
»Etwa zwei Jahre. Zwei Jahre lang nahmen wir die ungeliebten und ungewollten Mädchen und Jungen von den selbstsüchtigen Frauen, die das Muttersein überhaupt nicht verdient hatten. Zwei Jahre lang erweckten wir Melissa zum Leben, wieder und wieder, um einem unglücklichen Kind und einer unglücklichen Frau die Chance zu geben, gemeinsam doch noch Glück zu finden.

Maria jedoch fand es nicht.

So sehr wir ihr auch zu helfen versuchten, wir konnten nicht zu ihr durchdringen. So sehr wir sie auch zu täuschen versuchten, sie erkannte immer, was nicht stimmte. Sie erkannte immer, dass die Kinder, die wir ihr gaben, Fremde waren. Melissa ließ sich einfach nicht von den Toten zurückholen, genauso wenig wie Maria.«

Die Zeugin weint. Eine weitere Pause lehnt sie ab.

»Es gibt doch nichts mehr zu sagen. Jetzt ist es eben raus. Es ist besser so. Es musste doch einmal jemand kommen, der danach fragt.«

»Der wonach fragt?«
»Was damals passiert ist, warum wir das gemacht haben. Das ist es doch, was die Leute interessiert.

Jetzt ist es wenigstens raus.

Dann kann ich eines Tages auch in Frieden ruhen, so wie der Doktor und Maria mit ihren Kindern. Mit all ihren Kindern.«

»Dann sehen Sie also doch ein, dass Sie ein Verbrechen begangen haben? Dass Sie all diese Kinder getötet haben?«
»Wir haben sie aber doch nicht getötet, im Gegenteil, wir haben Melissa zum Leben erweckt, immer wieder. Wir haben nichts Schlechtes getan, wir haben Melissa gerettet, und Maria wollten wir auch retten. Wie kann das denn ein Verbrechen sein?«

SIECHTUM

Ich wurde ertragen. Ausgehalten.

Ich dachte immer, Liebe ließe keinen Platz für so negative Gefühle, für so viel Abneigung, dass das Zusammenleben als Bürde empfunden wird.

Ich dachte, Liebe hieße Respekt voreinander, ein Akzeptieren des Partners, so, wie er ist – mit allen Facetten, ergo auch mit allen Fehlern.

Aber in einer Welt, die am Abgrund steht, funktionieren solche Regeln nicht mehr.

Oder haben es nie, was weiß ich schon.

Nun bin ich die Persona non grata, der Outlaw, der Antichrist. Der Teufel in Menschengestalt.

Alle Entscheidungen Fehler, alle Timings beschissen, alle Entschuldigungen müßig.

Um mich herum sterben alle wie die Fliegen. Auch wenn mich keiner mehr dafür verantwortlich macht – damit haben sie vor ein paar Wochen aufgehört, als mein Leiden allzu offenbar wurde – fühle ich mich nach wie vor schuldig.

Nur wegen mir mussten Abstriche gemacht werden, Pläne über den Haufen geworfen, Treffen vertagt und Lager verlegt werden. Das war nie meine Absicht, und ich sehe auch jetzt nur bedingt meine Schuld – ich bin es nicht, die diese Krankheit in die Welt gebracht hat.

Im Gegenteil: Ich bin die, die dagegen gekämpft hat, von Anfang an, und die am nächsten daran war, ein Heilmittel zu finden. Aber dann hat es IHN erwischt, und nun bin ich es, die misstrauisch beäugt und der kein Wort mehr geglaubt wird.

Weil ER mir so nahe war.

Weil ER mich verraten hat.

Die Krankheit hat ihn erwischt, es ging sehr schnell zu Ende. Und sie glauben, dass er sie von mir hat. Weil ich sie jetzt auch habe. Dass es umgekehrt hätte sein können, dass ER es gewesen sein könnte, der mich angesteckt hat, das will nun natürlich keiner in den Raum stellen.

Es wäre Frevel.

Zwar habe ich ihn in die Gruppe eingeführt, habe ihn aus dem Wald geholt, als er kurz vor dem Verhungern war, aber dennoch haben sie sich sofort enger an ihn gebunden, als sie es jemals bei mir gekonnt hätten.

Dabei ist er doch viel bösartiger als ich.

Wo ich nach den Regeln spiele, bricht er sie mit Genuss. Wo ich Verständnis und Liebe als einzigen Ausweg sehe, wendet er sich hasserfüllt ab.

Das konnte er immer am besten: Menschen hinter sich lassen.

In einer Welt, die faktisch längst untergegangen ist, in der jeder gegen jeden kämpft, kommt so etwas einem Todesurteil gleich. Das heißt, eigentlich hat er getötet.

Glaube ich.

Beweisen kann ich nichts, denn die anderen haben es durchgezogen, haben verstoßen, haben abgelehnt.

Jetzt eben mich.

Weil er es verlangt hat, bevor er starb.

Dumm nur, dass sie mich ausgerechnet jetzt hier darben lassen, wo ich doch ein Heilmittel gefunden habe.

Versteht mich nicht falsch: Es geht mir nicht um Rache. Das wäre ja kleinlich. Es geht mir ums Prinzip: Wer Menschen hinter sich lässt, sterben lässt, allein und elend, der verdient keine Rettung. Finde ich zumindest.

Also, na ja, Rettung sollte man sich nicht verdienen müssen, Mensch sein sollte ausreichen. Aber wie viel Mensch steckt denn noch in diesen Leuten, die andere aus ihrer Mitte verstoßen, sobald die einen Fehler begehen, egal wie klein? Die ganz willkürlich und unfair Urteile sprechen?

Ich werde das Heilmittel nicht nehmen. Ich habe es getestet, ich weiß, dass es funktioniert. Doch ich werde sterben, und die Lösung unserer Misere nehme ich mit ins Grab.

Das Prinzip. Ihr versteht.

Jetzt liege ich hier auf meiner dreckigen Matratze, die so sehr stinkt, dass mir andauernd übel ist, und die von so viel Ungeziefer bewohnt wird, dass ich nicht mehr unterscheiden kann, welcher Teil meines Körpers juckt und welcher nicht, und soll dankbar sein für den Luxus, überhaupt eine Unterlage zu haben.

In meiner Brust spüre ich die Seuche, wie sie mich übernimmt. Wie sie Besitz von mir ergreift, wie sie meine Brust zusammendrückt, schmerzhaft.

Ich kann spüren, wie mein Herz schrumpft.

Der Fluch der
Dunkelgräfin

Es gibt zwei Arten von Geschichte: die offizielle, lügenhafte Geschichte, und dann die geheime, wo die wahren Ursachen der Ereignisse liegen.
Victor Hugo

I

Regentropfen sammelten sich in ihrem Haar und liefen über ihr Gesicht. Sie erlaubte sich ein paar Tränen – er konnte sie jetzt nicht sehen. Und selbst wenn: Ihr Kummer brächte ihn höchstens zum Lachen. An einer Weggabelung unter einer Gruppe Erlen blieb sie stehen und schaute zurück zu dem großen Haus. Da stand er, lauerte regelrecht, mit seinem Fernglas und dem Gewehr.

Sie beschützen – ha! Welche Farce! Nicht beschützen wollte er sie. Er bewachte sie. Ein Beschützer würde nicht all die Dinge tun, die er ihr Abend für Abend antat, egal, wie sehr sie bettelte und flehte, egal, wie sie sich verhielt: Er tat es, wenn sie ruhig und gefügig war, er tat es, wenn sie sich zur Wehr setzte. Er tat es, wenn sie ihrer Verzweiflung freien Lauf ließ, und er tat es, wenn sie ihr Schicksal resigniert annahm.

Niemals veränderte sich dabei seine steinerne Miene, niemals variierte das Maß an Grausamkeit, die er ihr angedeihen ließ.

Er erschien ihr schon lange nicht mehr menschlich. Ein Dämon, das war er. Ein Unwesen aus den tiefsten Tiefen der Hölle, ein übermächtiges Monstrum, gesandt, sie zu quälen und ihre Seele zu zerreißen.

Er winkte sie nach links, also wandte sie sich wieder um und nahm den rechten der beiden Pfade.

Ihr waren die Geschichten um ihre Person wohlbekannt, erzählte er ihr doch immer den neusten Klatsch und Tratsch, der ihm in Briefen mitgeteilt wurde. Der schweigsame Diener des Hauses konnte sich im Gegensatz zu ihr und ihrem Bewacher relativ frei bewegen – er wurde immer vorausgeschickt, wenn sie neue Wohnung nehmen mussten oder Besorgungen zu erledigen waren. Er brachte ihr auch schöne Kleider und erlesenen Schmuck, den der Bewacher für sie auswählte. Sie schwelgte in einem märchenhaften Luxus, was ihr ihre Situation aber nicht erleichterte. Vielmehr wurde ihr nur noch schmerzhafter bewusst, wie einsam sie war, ohne Kontakt zu anderen Menschen, ohne Liebe oder freundliche Worte.

Die französische Königstochter sei sie, so munkelte man, irre geworden nach den Wirren und Grausamkeiten der Revolution und nach dem tragischen Verlust der Familie. Eingekerkert und dann ausgeliefert, unterwegs ersetzt durch eine Doppelgängerin, aber der Mutter zu ähnlich, um je wieder ohne Schleier das Haus verlassen zu dürfen. Nervenschwach und deprimiert, in ständiger Gefahr durch die Gegner der Monarchie und zur Flucht quer durch das Land gezwungen.

Wie gerne wäre sie wirklich dieses bedauernswerte Geschöpf! Wie gerne würde sie tauschen und den Platz der Madame Royale einnehmen! Aber sie war nur die arme, ganz und gar nicht adlige Sofia Botta, eine Frau ohne Vergangenheit.

Die Eltern enthauptet? Der Bruder in Elend und Wahnsinn verreckt? Selbst eingesperrt und den schmutzigen Gelüsten der Wachen ausgeliefert? Dankend würde Sofia dieses Schicksal annehmen, bliebe ihr dafür das ihrige erspart.

Über die Gründe ihrer Gefangenschaft wusste sie nichts.

Mit langsamen Schritten durchmaß sie den Park, der sich zu allen Seiten des großen Herrenhauses erstreckte. Hinter einem Haselstrauch sank sie in das weiche, saftige Gras. Es ziemte sich für eine Dame nicht, am Boden zu sitzen, schon gar nicht in dem teuren und überaus empfindlichen Seidenkleid, das sie trug, aber hier war niemand, der sie sehen konnte, nur der allgegenwärtige Bewacher auf dem Balkon.

Gedankenverloren zupfte sie ein paar der regenfeuchten Halme aus der Erde und verzwirbelte sie zwischen ihren Fingern. Die Einsamkeit lag wie eine schwere, klamme Decke auf ihrem Gemüt. Sie erinnerte sich nur noch schwach an die Zeiten, als ihr Leben ein anderes gewesen war, ein Leben gewesen war: Sie mit Vater und Mutter in dem kleinen Bauernhaus nahe dem Wald. Sie hatten bescheiden gelebt, nur sie drei, mit ihren Kühen und Hühnern und genährt von ein paar Feldern, die die Eltern allein bewirtschaften konnten. Gottesfürchtig waren sie gewesen, eine fromme Familie, und fröhlich. Doch statt Trost und Hoffnung zu spenden, machten ihr die wenigen Erinnerungen die Gegenwart nur noch unerträglicher.

Wie oft hatte sie am Fenster im obersten Stock der Villa gestanden, nahe daran, ihr Elend zu beenden. Wie oft hatte sie am Ufer des Sees im Park gesessen, den Kopf voller schwarzer Gedanken, oder die rot-weißen Pilze des Frühherbstes gesammelt, um sich aus dieser Realität zu stehlen.

Doch ihr Bewacher war zu aufmerksam. Auch wenn er fest zu schlafen schien oder unterwegs war oder eingeschlossen in der Bibliothek saß und konzentriert die zahlreichen Briefe verfasste, die er täglich verschickte; jedes Mal hatte er plötzlich an ihrer Seite gestanden, immer genau in dem Moment, in dem sie bereit gewesen war, loszulassen. Nicht einmal der Tod gönnte ihr Erlösung.

Als sie aufblickte, stand ein Mann vor ihr. Erschrocken sprang sie auf. Der Fremde war groß, dabei schlank und feingliedrig. Seine vollständig schwarze Kleidung war erlesen, er schien von edler Abstammung zu sein. Die schmale Nase ein wenig zu spitz, die hellen Augen ein wenig zu nah beieinander, die vollen Lippen ein wenig zu eng aufeinandergepresst – edel, doch nicht attraktiv.

Er wirkte so harmlos in seinem teuren Aufzug, und dabei so bedrohlich. Eine Bedrohung, die rasch nicht mehr ungreifbar und vage blieb, sondern sich zu Sofias Entsetzen schauerlich manifestierte: Sein Mund verzog sich zu einem widerlichen Grinsen, immer weiter und weiter, weiter, als die Mundwinkel eines Menschen sich dehnen lassen sollten, als risse er sein Gesicht mitten entzwei, um ihr Reihen strahlend weißer, spitzer Zähne zu präsentieren, deren Anblick Schauer der Angst ihr Rückgrat hinab sandte.

Sie wollte sich abwenden und zum Haus fliehen und stand doch wie gelähmt da, als hätten ihre Füße sich in das Erdreich gegraben, als müsse sie hier auf ewig bleiben und den grauenerregenden Anblick des Fremden ertragen.

Seine Zähne, diese bedrohlichen Spitzen, wurden größer, wuchsen aus dem weit aufgerissenen Maul heraus, verdeckten bald seine Augen. Sie ertappte sich bei dem Versuch, sie zu zählen, als könne diese ganz und gar unpassende, profane Handlung den Zauberbann brechen, unter dem sie sich gefangen fühlte. Es waren mehr Zähne, als ein Mensch haben durfte, was sie nicht verwunderte, immerhin war dieser Herr fern von allem Menschlichen.

So schnell, wie es begonnen hatte, war es vorbei; der Herr schloss seinen Mund ohne Mühe, das schreckliche Gebiss verschwand und nur ein leichtes, fast freundliches Lächeln kräuselte seine Lippen. Immer noch blickten seine Augen ernst, fast verächtlich. Er zog seinen Hut und verbeugte sich leicht. Dabei registrierte sie eine kreisrunde kahle Stelle genau in der Mitte seines Kopfes. Aus Gründen, die ihr verwirrter Verstand nicht erfassen konnte, entsetzte sie dieser durchweg alltägliche Anblick mehr, als es das monströse Grinsen vermocht hatte.

Sie schrie aus Leibeskräften, bis ihr Hals schmerzte und ihre Lunge keine Luft mehr hatte. Dann war der Fremde verschwunden.

Weinend eilte sie zum Haus, in die vermeintliche Sicherheit der Nähe ihres Bewachers und seines stummen Dieners.

II

Am späten Abend begab sie sich über die leeren Flure des Hauses, das ihr Gefängnis war, in ihr privates Badezimmer. Der Dienstbote hatte bereits die große, frei stehende Wanne vorbereitet. Duftende Essenzen und fein schäumende Zusätze sollten ihre angespannten Nerven beruhigen. Sie schloss die Tür und stellte einen der kleinen Sessel davor. Der Diener war ihr unheimlich, und sie wollte nicht riskieren, dass er sie störte. Nicht, dass ihm das erlaubt wäre, aber in diesem Haus voller Schrecken wusste man nie. Sie setzte sich auf den Sessel und zog sich aus. Achtlos ließ sie ihre Kleider auf den Boden fallen und glitt vorsichtig in das warme Wasser.

Rasch tat das Bad seine Wirkung und entspannte ihren müden Leib. Ihr heutiger Geburtstag, so hatte ihr Bewacher ihr verraten, sei derselbe wie der ihrer Mutter selig. Ein besonderer Tag. Sie schloss die Augen und stellte sich vor, wie ihr Leben gewesen sein musste, als sie noch ein Kind gewesen war, mit einer Mutter, die sie liebte.

Lächelnd schwebte sie in der großen Wanne. Ein kleines Stück Frieden.

»Alles wird gut!«, flüsterte der Mann und drückte die Hand der Frau fester. Sie war blass, ihr Gesicht voller Schweiß, das Haar klebte in feuchten Locken an ihrem Kopf. Sie stöhnte leise, ehe sie sich auf dem ausladenden Bett zusammenkrümmte und gellend aufschrie.

Sofia beobachtete das Paar aus einer dunklen Ecke des von übel riechenden Kerzen dämmrig beleuchteten Zimmers. Wer waren sie? Wie kam sie hierher? Ein Lichtschein hinter dem großen Fenster lenkte ihre Aufmerksamkeit ab. Draußen herrschte Nacht, doch sie sah den dunklen Herrn, den sie heute im Park getroffen hatte. Er grinste sie hämisch an und gestikulierte vielsagend in Richtung des Paares. Sie runzelte die Stirn, als sie sich den beiden wieder zuwandte.

Die Frau lag auf dem Rücken, den Oberkörper durch viele Kissen gestützt, vollkommen verspannt und unter großen Schmerzen leidend. Über ihren weit gespreizten Beinen wölbte sich ein enormer Bauch. Sie gebar gerade.

Eine Hebamme betrat den Raum. Kam sie erst jetzt zur Hilfe, oder hatte sie nur rasch etwas holen wollen? Sie kniete sich ans Fußende des Bettes und redete beruhigend auf die Frau ein.

Der Mann schien helfen zu wollen, es aber nicht zu vermögen, er umklammerte nur hilflos die Hand seiner Frau, dass seine Knöchel weiß hervortraten, und stammelte immer und immer wieder »Nein, nein, nicht du, Martha, nicht du, bleib bei mir, bleib, oh ...«

Entsetzt beobachtete Sofia, wie sich die Scham der Frau weitete und weitete und sich etwas Blutiges, Fleischiges, voller Schleim hindurchzwängte. Die Gebärende schrie, als risse man sie entzwei, und weinte nun heftig.

Übelkeit erfasste Sofia. Sie wandte sich ab. Doch der letzte unheilvolle Schrei der Frau zwang ihren Blick zurück zum Bett.

Das Kind war aus dem Leib der Gebärenden geglitten und lag nun in den Armen des verzweifelten Vaters. Die Mutter sank erschöpft zurück, dann verkrümmte sie sich erneut und stöhnte schwach, bis auch die Nachgeburt blutig und schleimig ihren Bauch verließ. Die Blutung indes hörte nicht auf, mehr und mehr quoll zwischen ihren Beinen hervor und tränkte die dicke Matratze.

Die Hebamme schrie nach ihrer Helferin, die unverzüglich hereinstürmte, die Arme voller Stoffbinden und merkwürdiger Gerätschaften. Der Vater stand wie gelähmt in der Ecke, das leblose Kind nach wie vor in den Armen. Er murmelte unverständliche Worte, zunehmend verzweifelt, je heftiger der Kampf der Hebamme um das Leben der Mutter wurde. Schließlich schrie er fast, mit verzerrtem Gesicht, den Blick gen Decke gerichtet und eine schreckliche Intensität in sich: »SO ERSCHEINE DOCH, ELENDER!«

Wieder entdeckte sie den dunklen Herrn aus dem Park, diesmal im Zimmer, unbemerkt von allen Anwesenden – nur der Vater schaute ihn erleichtert an und reichte ihm das Kind, das immer noch keinen Laut von sich gegeben hatte. Der dunkle Herr nahm es sanft in seine Arme und liebkoste das kleine Gesichtchen.

»Nimm es«, sagte der Vater. »Nimm es mit dir, aber lass mir meine Martha. Ein Leben für ein Leben, das ist es doch, was du forderst, nicht wahr?«

Der dunkle Herr blickte den Vater an und wandte sich dann dem Bett zu. Die Mutter hatte das Bewusstsein verloren. Der dunkle Herr legte nachdenklich den Kopf schief.

»Du bietest mir also das Leben dieses unschuldigen Kindes an? Eine reine, unberührte Seele gegen die deiner Dirne von Frau? Ist das dein Ernst, alter Mann?«

»Meine Martha ist keine Dirne. Sie ist fromm und brav. Immer war sie mir eine gute Frau und ich will sie nicht missen. Ein Leben ohne sie ist kein Leben! Nimm das Kind, aber lass mir mein Weib!«

Der dunkle Herr schwieg, das Kind in seinen Armen nach wie vor reglos. Dem Vater schien es unbehaglich, er wand sich regelrecht unter dem Blick des Anderen. Ein Druck schien auf ihm zu lasten, Unruhe, die sich in unkontrollierten, winzigen Zuckungen äußerte.

»So tu es doch!«, rief er schließlich.

Der dunkle Herr lächelte wieder sein ekelhaftes Lächeln. Dann senkte er den Blick zu dem Kind in seinem Arm – wie winzig es aussah! – und streichelte es sanft. Das Baby öffnete die Augen und schrie aus Leibeskräften. Im gleichen Moment, als der Herr dem Vater das Kind in den Arm legte, wandte sich die Hebamme um, erschöpft und angstvoll.

»Knapp war's, aber sie wird's schaffen. Achtet gut auf das Kind, es wird Euer einziges bleiben. Reinigt sie und ihr Lager und versorgt das Kleine. Ich komme morgen wieder. Wenn sie beide dann noch leben, wird alles gut.«

Mit diesen Worten gingen die Alte und ihre Helferin. Der Vater sackte an der Wand zusammen, das Kind wieder im Arm. Der dunkle Herr war verschwunden.

Als Sofia erwachte, konnte sie mit den merkwürdigen Traumbildern nichts anfangen. Sie spürte ihnen nach, wartete darauf, dass sie verblassten, aber das geschah nicht. Ihr Badewasser war längst kalt geworden, sie fröstelte. Also erhob sie sich widerwillig, trocknete sich ab und begab sich zu Bett.

Schlafen konnte sie nun jedoch nicht mehr, zu sehr hing ihr die grauenhafte Szene in jenem Schlafzimmer nach, klar und deutlich, aber nach wie vor rätselhaft. Sie spürte eine merkwürdige Vertrautheit, wenn sie an die Hebamme dachte, an die Gebärende, an den verzweifelten Vater. Reiche Leute in einem reichen Hause – das kannte sie eigentlich nur aus ihrer Gefangenschaft. Ihre Eltern hatten bescheiden in einer kleinen Hütte gelebt. Und ihr Bewacher – ganz und gar nicht bescheiden – führte kein offenes Haus. Im Gegenteil, die Villa mit den üppigen Ländereien war nahezu verwaist.

Ansonsten kannte sie niemanden.

III

Sofia hatte versucht, mit ihrem Bewacher über den merkwürdigen Traum zu sprechen. Doch er hatte sie angewiesen, zu schweigen. Sie würde nun einige Tage nicht das Wort an ihn richten dürfen. Erst, wenn er sie wieder ansprach, war die Zeit der Stille vorbei. Diese Art der Züchtigung fürchtete sie am meisten: das Schweigen.

Der unheimliche Dienstbote ihres Bewachers sprach sowieso niemals mit ihr. Es war, als verlöre er seine Zunge, sobald sie den Raum betrat. Doch sei es, wie es sei: Für die nächsten Tage, wenn nicht gar Wochen, würde sie in Stille leben müssen.

Zum Glück hatte ihr Wächter eine beeindruckende Sammlung an Schriften der modernen Denker zusammengetragen, mit denen er sich die Zeit vertrieb und aus denen er ihr Unterricht erteilte. Auch ihr war es erlaubt, sich damit zu zerstreuen, und so wollte sie die trüben Stunden damit verbringen, über ihre Träume nachzusinnen, in der Hoffnung, zwischen all den Büchern eine Antwort auf die Rätsel zu erhalten, die sie so plagten.

Also begab sie sich in die Bibliothek des Herrenhauses.

Es war ein weitläufiger Raum mit großen Fenstern, rundum gesäumt von deckenhohen Regalen voller Bücher: Dicke Bände, in Leder gebunden, wechselten sich ab mit kleineren Werken in Leinen, Texten auf dünnem Papier und stapelweise Briefen. In einem Schrank in einer Ecke lagerten Karten, säuberlich zusammengerollt und beschriftet.

Nachdenklich schritt sie die Regalreihen entlang und ließ die Finger über die Buchrücken gleiten. Ein tröstliches Gefühl überkam sie, als ihr wieder einmal gewahr wurde, dass dies ihre Gefährten waren. Bücher, so hatte sie es längst gelernt, eröffneten dem Leser die Welt, eröffneten viele Welten. Jedes Buch ein Freund gegen die Einsamkeit. Ein Lächeln glitt über ihr Gesicht.

Wahllos zog sie einen Band aus dem Regal. Sie kannte das Buch nicht und konnte auch die alte, geschwungene Schrift nicht entziffern. Dennoch blätterte sie ein wenig darin, stellte es dann zurück und schlenderte weiter. Wo sollte sie nur beginnen?

Es war ein trüber und kühler Nachmittag, daher hatte der Dienstbote am Morgen den Kamin angefeuert. Sie ließ sich in einem der großen Ohrensessel am Feuer nieder, um ihr weiteres Vorgehen zu planen. Da fiel ihr Blick auf ein Buch, das auf dem kleinen Beistelltisch lag. Es war schmal und abgegriffen, gebunden, aber ohne Titel. Neugierig nahm sie es und wollte es aufschlagen, doch es war mit einem winzigen Schloss gesichert.

Ihr Blick wanderte zurück zum Tischchen. Kein Schlüssel. Sie stand wieder auf, begab sich an die Regale, prüfte die wenigen Schubladen im Zimmer, fand aber bei ihrer halbherzigen Suche nichts.

Irgendetwas an dem Buch faszinierte sie. Es mochte ein altes Tagebuch sein. Vielleicht hatte ihr Bewacher darin geschrieben und es dann vergessen?

Sie wollte es lesen, koste es, was es wolle. Und um das tun zu können, musste sie es gut verstecken. Als Sofia sich umwandte, um in ihr Schlafzimmer zurückzukehren, stand vor ihr der unheimliche Dienstbote ihres Bewachers. Er blickte ruhig auf das kleine Buch in ihrer Hand, dann in ihre Augen, wieder mit dieser seltsam anstößigen Trauer im Blick. Schnell versteckte sie das Bändchen in den Falten ihres Kleides, straffte die Schultern, hob trotzig das Kinn und stolzierte an ihm vorbei. Er sollte es bloß nicht wagen, ihr ihren Schatz abzunehmen!

Zurück in ihrem Zimmer wollte sie das kleine Schloss öffnen, scheiterte aber bei all ihren Versuchen und gab es schließlich auf, um das Buch nicht zu beschädigen.

IV

Der dunkle Herr lachte, ein Laut, der Sofia Schauer durch den ganzen Körper jagte. Sie presste ihre Hände auf die Ohren, aber das Lachen des Herrn ebbte nicht ab, wurde nicht gedämpft, dröhnte nur noch lauter in ihrem schmerzenden Schädel.

Sie kniff die Augen zusammen, wollte fliehen, und stand doch starr und wie angewurzelt vor der Szene, die sich ihr bot. Jedes Detail brannte sich auf ewig in ihre Erinnerung.

Da standen sie, zwei Männer, einer groß, schlank, ganz in Schwarz gewandet und unheimlich anzusehen; einer kleiner, rundlich, offenbar vor Angst bebend. Der Kleinere, der Vater, wie sie erkannte, hielt ein Kind im Arm, ein Baby noch, und doch nicht, es schien in Wahrheit ein älteres Kind zu sein, schaute mal mit blassen Säuglingsaugen in die Welt, mal mit den dunkleren eines Schulkindes. Seine Gestalt schien zu wabern und sich stetig zu verändern. Ein verwirrender Anblick, den Sofia nicht lange ertrug. Klein und nackt schmiegte es sich in den Arm des Vaters und lutschte seelenvoll am Daumen.

Zwischen den beiden Männern lag eine Frau am Boden, vollkommen reglos und so bleich wie eine Statue. Um sie herum ein See von Blut. Keiner der Männer beachtete die Frau, Sofia fürchtete, jeden Moment könnte einer von ihnen einen Schritt machen und auf sie treten.

Der Vater reichte dem dunklen Herrn das Kind, das auf dessen Arm endgültig kein Säugling mehr war, sondern nun ganz und gar und beständig ein Mädchen von vielleicht sechs Jahren.

Das Mädchen schaute sie an, blickte mit großen wasserblauen Augen direkt in Sofias. Dann wandten sich auch die Köpfe des dunklen Herrn und des Vaters ihr zu. Auf dem Gesicht des Herrn breitete sich ein hämisches Grinsen aus, auf dem des Vaters eine verzerrte Grimasse der Angst.

Ein Geräusch weckte sie aus dem wirren Traum und erschrocken stellte sie fest, dass es bereits heller Tag war. Sonst schlief sie niemals so lange. Sie richtete sich auf und blickte sich nach der Quelle des Geräusches um, das sie aufgestört hatte.

Ein neuer Schreck durchfuhr sie: Es war der Dienstbote, der unheimliche Alte. Er stand neben der Tür, die er offenbar gerade geschlossen hatte und blickte sie stumm an. Sie zog die Decke bis zu ihrem Hals, ein schwacher Versuch, sich zu schützen.

Der Alte kam langsam näher, trat an ihr Bett, wo er erneut stehen blieb und auf sie herabschaute. Sie bebte innerlich. Was ging denn nun schon wieder vor? Sollte er sie holen, sie zum Bewacher bringen? Oder wollte er ihr gar selbst etwas antun? Sie straffte sich und machte sich bereit, ihn ihrer Rolle gemäß anzuherrschen – und sei es nur gespielt, um ihre Furcht nicht nach außen dringen zu lassen. Da streckte er die Hand aus und hielt ihr einen kleinen Schlüssel hin, ein winziges Ding aus Silber, das an einer feinen Kette hing.

Sie zögerte, starrte wie hypnotisiert auf das Schmuckstück. Da legte der Dienstbote den Schlüssel auf ihr Nachtkästchen, verbeugte sich kurz und verließ ihr Zimmer.

Hastig sprang sie aus dem Bett. Das Frühstück würde heute ausfallen müssen, sie hatte zu lesen. Mit zitternden Fingern klaubte sie das Tagebuch aus dem kleinen Schubfach an ihrem Schreibpult. Kein sehr gewitztes Versteck, das wusste sie selbst, aber da ihr Bewacher ihre Räume niemals betrat, hatte sie angenommen, dass es genügen würde.

Sie legte das Buch auf das Pult und schloss es auf. Seite um Seite war eng beschrieben, die Schrift einfach, schmucklos und klein. Sie hatte keine Mühe, sie zu entziffern. Dennoch blätterte sie das Büchlein erst rasch durch, ehe sie zu lesen begann. Ein paar Zeichnungen waren eingestreut, roh und dilettantisch ausgeführt, aber das Motiv klar erkennbar: Eine Frau, die melancholisch in die Ferne blickte, ein Halbprofil, dessen Proportionen nicht stimmten. Die Frau kam ihr merkwürdig bekannt vor, doch sie konnte sie nicht zuordnen.

Das war nicht das Buch ihres Bewachers. Zumindest hatte er es nicht geschrieben: Seine Schrift war verschnörkelt und kunstvoll, mit großen Buchstaben und weiten Abständen, eine ausladende Schrift, die ganz seinem Wesen entsprach. Auch die Zeichnungen waren unmöglich seine, denn er hatte einen Gutteil seiner Zeit darauf verwandt, diese Kunst zu erlernen und zu perfektionieren. Zahlreiche seiner Kunstwerke lagerten in den Schränken und Truhen der Villa.

Jemand anders hatte dieses Buch verfasst. Sie blätterte wieder zurück und begann nun endlich, die Geschichte dieses Fremden zu lesen.

Ihr erschloss sich eine regelrechte Beichte. Mit seinem Weib hatte der Schreiber ein frommes Leben geführt, was der Herr ihnen gut lohnte; sie besaßen ein schönes Haus, fruchtbare Felder und viele Tiere. Ihre Knechte und Mägde behandelten sie gut, wie den Ersatz der Familie, nach der diese Bauern sich so sehr sehnten. Das Glück der Elternschaft widerfuhr ihnen erst spät, aber schließlich wurde die Bäuerin endlich schwanger.

Die Geburt selbst war schwierig und dramatisch. Nach Stunden der Qual musste der Bauer um das Leben seiner Frau bangen. Um sie nicht zu verlieren, da er sie als die Liebe seines Lebens sah, beging er den Fehler, der ihrer aller Schicksal besiegeln sollte: Als alles Beten versagte, als die Frau immer schwächer und die Hebamme immer mutloser wurde, begab der Bauer sich an die Wegkreuzung hinter dem Haus, wo ein Wald begann, und rief die andere Macht um Hilfe.

Sofia ahnte, wer diese andere Macht verkörpern mochte;

dem Bauern erschien der Teufel und in seiner Verzweiflung versprach der Mann dem Wesen das Leben des ungeborenen Kindes für das der Frau:

»Alles an dem Mann«, so stand da, »der plötzlich vor mir stand, war schwarz. Schwarz der fadenscheinige Frack, schwarz die speckig glänzende Hose, schwarz der Hut auf seinem schwarzen Haar, schwarz der dünne, klebrig aussehende Bart über seiner Oberlippe. Nur seine Augen, aus denen er mich spöttisch anblickte, waren hell, waren farblos.«

Sofia stockte der Atem; zu sehr ähnelte die Beschreibung des Teufels in diesem Büchlein dem Besucher, der ihr an ihrem Geburtstag im Park begegnet war.

Atemlos las sie weiter.

»Es mag unfassbar klingen, dass ich bereit war, die Unschuld meiner Nachkommen aufzugeben, um mein Weib zu retten. Doch bitte, versteht meine Furcht: Sie zu verlieren bedeutete, alles zu verlieren. Das Kind jedoch, nun, ich kannte es ja nicht, hatte es niemals gesehen und musste nun annehmen, dass es auf seinem Weg in diese Welt nicht nur selbst versterben, sondern auch mein geliebtes Weib mit sich nehmen würde.«

Der Teufel hielt Wort und als der Bauer nach Hause zurückkehrte, lebte die Frau – wie wundersamerweise auch das Kind.

Solche Freude, so schloss der Bauer, konnte nicht von dem dunklen Herrn kommen, den er an der Kreuzung getroffen hatte. Das musste, so nahm er an, das Werk des *einen* Herrn sein, ein Eingreifen von Gott selbst, um sein Schäfchen nicht gänzlich auf dem Pfad der Verderbnis zu verlieren. Der Herrgott rettete die Familie und bescherte dem Bauern das Glück, das er sich immerzu ersehnt hatte.

Um Ihn nicht weiterhin zu beleidigen – denn nichts anderes hatte er getan, das war dem Bauern wohl bewusst – beschloss er, alles Hab und Gut wegzugeben, um fortan in noch größerer Frömmigkeit zu leben. Er beichtete dem Priester, was er verbrochen hatte, spendete der Kirche seinen Besitz und zog mit Frau und Kind in ein ärmliches Haus mit wenig Land auf der anderen Seite des Waldes. So lebten sie in bescheidenem Glück auf ihrem Flecken Erde, der sie gerade so zu ernähren vermochte, und sahen ihrer kleinen Tochter zu, wie sie wuchs und gedieh.

Als das Kind seinen dritten Geburtstag feierte, begann das Unglück. Das Wetter schlug um und besserte sich lange nicht, die Jahreszeiten schienen vollkommen verquer, die Früchte auf dem Feld ertranken und auch die einzige Kuh der Familie erkrankte und starb. So ging das jahrein, jahraus, drei elende Jahre lang und wurde immer schlimmer. Die Bauersleute taten alles, was in ihrer Macht stand, um das Blatt zu wenden.

Vergebens.

V

Der Text aus dem kleinen Tagebuch hing Sofia noch lange nach. Während des Abendmahls, das ihr Bewacher mit ihr einnahm und das in drückendem Schweigen vollzogen wurde, dachte sie darüber nach, inwiefern die Erzählung, die sie gelesen hatte, mit dem merkwürdigen Traum in ihrer Geburtstagsnacht zu tun haben mochte. Zu sehr ähnelten sich die Szenen, als dass es sich um einen Zufall handeln konnte!

An diesem Abend verzichtete sie auf ihr Bad. Der stumme Diener ihres Bewachers hatte sich umsonst damit geplagt, ihr warmes Wasser zu bereiten. Es war ihr einerlei, sollte der unheimliche Alte sich doch grämen. Sie begab sich früh zu Bett und freute sich fast, in den paar Stunden des Schlafes ihre Sorgen und jene neuen, verwirrenden Gedanken hinter sich zu lassen.

Sie schwebte über einem endlosen Grün.

Kurz wunderte sie sich, dass sie den saftigen Rasen unter ihren Füßen sehen, aber nicht spüren konnte, dann erkannte sie, dass sie wirklich und wahrhaftig schwebte.

Ihr Kleid umschmeichelte die nackten Beine, feine Seide liebkoste ihre Haut. Das Gefühl war schöner als alles, was sie je hatte spüren dürfen. Sie lächelte, ein Lächeln, das sich mit jedem Schritt, den sie machte, vertiefte.

Das Gras war von einem unwahrscheinlichen Grün, einem Grün jenseits dieser Welt. Das Blau des Himmels ebenso. Der Duft der Blumen, die Frische der Luft, der Gesang der Vögel – alles wirkte verstärkt und um ein Vielfaches wunderbarer, als sie es kannte.

Sie war glücklich und fühlte sich frei.

Ausgelassen warf sie den Kopf in den Nacken und lachte der Sonne entgegen, die warm ihre Wangen und Lippen streichelte. Die Arme ausgestreckt, das Gesicht gen Himmel gewandt, die Augen genüsslich geschlossen ließ sie sich treiben, schwebte eins mit sich und der Welt über die Ebene.

Dann ein Schatten. In Erwartung des Anblicks einer weißen Wolke, eines Gebildes wie aus Watte, öffnete sie die Lider. Statt des friedvollen Bildes gewahrte sie eine schwarze

Gewitterwolke, die sich rasch ausbreitete. Undurchdringliches Dunkel schob sich über das Blau. Ihr wurde kalt.

Fröstelnd beobachtete sie, wie sich der Himmel zuzog, wie Blitze zuckten, erst in der Ferne, dann rasch näher kommend. Die Wiese, über der sie nach wie vor schwebte, wurde braun, dann grau, dann schwarz – wo eben noch Blumen zwischen Grashalmen geblüht hatten, warf nun ein Sumpf träge Blasen.

Der Duft wich ekelerregendem Gestank. Sie versteifte sich, wollte irgendwie fliehen und zurückkehren in das Paradies, oder zumindest in die vertraute Welt ihres Gefängnisses. Stattdessen landete sie unsanft auf ihrem Hintern, mitten in der nunmehr grauen, trostlosen Ebene. Schmerz übermannte sie und hüllte ihren Körper und ihren Geist ein.

Weinend blickte sie sich um, aber außer unendlich scheinendem Sumpf sah sie nichts. Nach einer Weile, die ihr drückend lang erschien, tauchte am Horizont eine Gestalt auf. Sie konnte den Schemen nur erkennen, weil er noch viel dunkler war als das umgebende Schwarz. Schnell wurde die Gestalt größer, näherte sich ihr raschen Schrittes, mit der Arroganz dessen, der alles sein Eigen nennen kann und dem nichts Furcht einjagt.

Es war der dunkle Herr. Grinsend kam er zu ihr, reichte ihr eine kalte Hand und zog sie an sich. Eng an sich gepresst drehte er sie mehrfach im Kreis, bis ihr schwindlig wurde und sie verzweifelt um Erlösung bettelte.

Er lachte nur, laut, dröhnend, falsch.

»Kind«, flüsterte er in ihr Ohr. »Kind, du verstehst nicht: Deine Gefangenschaft dient einem höheren Ziel. Niemand springt so mit mir um, niemand betrügt mich – niemand soll es wagen, dem Lichtbringer einen faden Kuhhandel anzubieten. Du wirst es lernen, Kind, du wirst einsehen, dass ich nicht anders handeln konnte. Der schale Geschmack der Niederlage, ich habe ihn in ewigen Triumph verwandelt!«

Damit ließ er sie los, sodass sie zu Boden stürzte, wo sie bewegungslos liegen blieb, Stunde um Stunde, ein gefühltes Leben lang.

Keuchend und schwitzend fuhr sie in ihrem Bett auf, wieder einmal. Ein neuerlicher Albtraum, ein neuerliches Mysterium, das zu durchdringen sie nicht vermochte. Durfte sie nun nicht einmal mehr in der Nacht ein wenig Frieden genießen?

Erschöpft sank sie zurück auf das Kissen, das feucht war von ihrem Schweiß, und zwang ihren Atem zur Ruhe.

Der Schlaf wollte nicht zu ihr zurückkehren, obwohl es draußen noch dunkel war. Der Mond spendete ein wenig bleiches Licht, das ihr Zimmer schwach erhellte.

Deine Gefangenschaft dient einem höheren Ziel, hatte der dunkle Herr im Traum gesagt. Was sollte das bedeuten? Gab dieser Traum ihr Hinweise, wollte er sie dazu bringen, den Grund für ihr Elend herauszufinden? Das erschien ihr lächerlich, immerhin lebte sie hier, fast seit sie denken konnte. Immer war da der Bewacher gewesen, irgendwann auch der Diener, und immer war sie allein gewesen, ohne Wissen um ihre Herkunft oder ihre Familie oder den Grund für ihr düsteres Schicksal.

Allein, dass ihre Art zu leben nicht normal war, das wusste sie. Und sie ahnte, dass ihr Leben einst ein anderes gewesen war; ihre wenigen Erinnerungen an eine Kindheit ohne Sorgen, so blass sie auch sein mochten, verrieten es ihr.

Aufgewühlt blickte sie zur Decke. Dann griff sie neben sich nach ihrem Rosenkranz und hielt ihn so fest in ihrer Faust, dass sich das kleine silberne Kreuz schmerzhaft in ihre Handfläche bohrte. Sie schloss die Augen, wollte die Anspannung loslassen, vermochte es aber nicht.

Schließlich zwang sie sich, die Finger von der Perlenkette zu lösen.

»Im Namen des Vaters, des Sohnes und des Heiligen Geistes«, begann sie ihr Gebet, wie sie es gelernt hatte. Nach dem Glaubensbekenntnis ging sie sofort zum Ave Maria über, denn die ständige Wiederholung, so hoffte sie, würde ihr Ruhe bringen.

Es misslang, auch nach der fünfzigsten Wiederholung kreisten ihre Gedanken nicht um den Allmächtigen, sondern um das merkwürdige Tagebuch und die Geheimnisse, die es enthielt. Seufzend ergab sie sich und stand auf, um weiter darin zu lesen. Den Rosenkranz legte sie zärtlich an seinen Platz neben ihrem Kissen zurück. Dann besann sie sich anders. Der Trost des Herrn mochte im Gebet ausgeblieben sein, doch auf seine Nähe wollte sie in ihrer Verwirrung nicht verzichten, also hängte sie sich das Schmuckstück um den Hals. Während sie die Kerzen am Lesepult entzündete, tastete sie immer wieder nach dem Kreuz.

»Am sechsten Geburtstag unseres Mädchens dann verzweifelte ich vollkommen«, begann dieser Abschnitt des Buches. »Wir waren hungrig und froren und den nächsten Winter, da war ich sicher, würden wir nicht überstehen.

Seit Tagen schon betete ich schier ununterbrochen, flehte den Herrn an, uns zu retten, uns erneut zu helfen und unser Leben wieder in gute Bahnen zu lenken. Bisher war nichts geschehen und ich fühlte mich dem Ende nah. Fast war ich versucht, es erneut an der verfluchten Wegkreuzung zu versuchen. Kaum kam mir dieser Gedanke, wies ich ihn erschrocken von mir.«

Dennoch, so erfuhr Sofia, konnte der Bauer dem Teufel nicht entrinnen. Der Unhold kam zum schäbigen Zuhause der Familie, um sein Pfand einzufordern: Das Kind, das der Bauer bei seiner Geburt hatte opfern wollen, nun aber um keinen Preis mehr hergeben mochte. Alles Bitten und Flehen und alle Angebote, den Bauern statt der Tochter mitzunehmen, fruchteten nicht.

Stattdessen drängte sich der dunkle Herr in die Hütte, stieß die entsetzte Mutter beiseite und ging zum Bett, in dem die Tochter friedlich schlief. Die Frau versuchte noch, den dunklen Herrn aufzuhalten, und hieb auf ihn ein. Sie war wie eine Furie, wie es eine Mutter, deren Wertvollstes in Gefahr gerät, wohl sein muss.

»Hätte sie sich nur zurückgehalten«, hatte der Bauer geschrieben. »Hätte sie nur eingesehen, dass meine Sünde unser Schicksal längst besiegelt hatte.

Ihr Ende kam lautlos, fast friedlich. Der dunkle Herr lächelte sie an, als sie versuchte, ihm das weinende Kind aus den Armen zu reißen. Dann hob er einen Arm. In seiner Hand blitzte mit einem Mal eine Klinge. Der Arm fuhr nieder und meine Frau fiel rücklings auf den groben Holzboden. Ihre Kehle war nun eine klaffende Wunde, ein langer Schnitt, der den Hals teilte und zu einem grausigen Lachen formte, bis das Blut in einem Schwall hervorbrach und den Eindruck zerstörte. Ihre Hände zuckten zu ihrem Kind, das sie nicht mehr erreichen konnte. Ihre Augen brachen und sie starb.

Der dunkle Herr betrachtete sie interessiert, dann stieg er einfach über ihren Leichnam hinweg und verschwand aus unserer Hütte.«

VI

Entsetzt klappte sie das Buch zu.

Was für eine fürchterliche Geschichte das war! Wer hatte dieses grausame Tagebuch verfasst, und wer verlangte, dass sie es las? Denn dass all das kein Zufall war, so viel war ihr klar – sie mochte fernab der Welt mehr vegetieren als leben, dumm oder naiv war sie deshalb noch lange nicht. Das Buch, das so plötzlich aufgetaucht war, der Schlüssel, den der Diener ihr gebracht hatte. Es musste das Werk ihres Bewachers sein, eine neue Methode, sie zu quälen ...

Langsam kehrte die Müdigkeit zurück. Gleichzeitig hielt sie eine Erregung wach, die sie nicht zu benennen vermochte. Wer waren diese grausamen Leute, wer dieser schreckliche Mann, der sich mit dem Teufel eingelassen hatte, wissend, dass dies nur Unheil bringen konnte?

Wer mochte fähig sein, sein kleines Glück über das der Menschen zu stellen, die er angeblich liebte, denen er Gutes wünschen sollte?

Sofia atmete tief ein und lang aus, dann schlug sie das Buch erneut auf. Es waren nur noch wenige Seiten übrig. Sie las weiter.

»Wie gelähmt kauerte ich neben meiner toten Frau. Das Blut sickerte träge zu Boden und bildete eine Pfütze, die sich weiter und weiter ausbreitete. Ob ich geweint habe, vermag ich nicht mehr zu sagen. Leere, daran erinnere ich mich. Und Schmerz. Nun hatte ich den Preis bezahlt, und es war ein hoher: drei Jahre des ungetrübten Glücks, dann drei Jahre Leid, nun eine Unendlichkeit des Schmerzes.

Die Sonne verschwand, Dunkelheit senkte sich über mein Haus und mit ihr kam eine Kälte, wie ich sie noch nie zuvor verspürt hatte. Eine Kälte, die fortan nicht wieder weichen sollte.

Irgendwie schaffte ich es, mich zu erheben. Irgendwie hob ich meine Frau auf und trug sie in den kleinen Garten, in dem sie so hingebungsvoll Kräuter und Gemüse gezogen hatte, aber auch Beete mit bunten Blumen, die nun schon lange verkümmert und welk dahinsiechten. Ein Schlachtfeld, das von unseren Mühen zeugte, weil ich so dumm gewesen war, die falsche Seite zu wählen – und so naiv, zu glauben, dass aufrichtige Reue und große Opfer eine Sünde aufheben könnten.

Wo ihre Rosen gestanden hatten, hob ich eine Grube aus, küsste meine Frau ein letztes Mal und bettete sie zur Ruhe. Ihre Haut schmeckte nach ihrem Blut.

Seitdem schmeckt alles nur noch nach Blut.«

Die unbeholfene Schilderung des Todes dieser ihr unbekannten Frau rührte Sofia. Es tat ihr leid, dass die Bäuerin hatte sterben müssen, und auch der Bauer weckte ihr Mitgefühl. Die folgenden Monate schleppten sich für ihn grau in grau dahin. Sein Leben hatte keinen Wert mehr, doch es sich zu nehmen, dazu fehlte dem Mann der Mut.

Als Herumtreiber und elender Bettler fristete er fortan sein Dasein. Bespuckten und beschimpften ihn die

Menschen, nahm er es als gerechte Strafe, gaben sie ihm Almosen, akzeptierte er sie. Drei Jahre vegetierte er derart, bis eines Tages, es mochte der neunte Geburtstag der verlorenen Tochter gewesen sein, wieder der dunkle Herr auftauchte.

Der Bauer war sicher, nun endgültig zur Hölle zu fahren, wo noch schlimmere Schrecken ihn erwarteten. Dem war nicht so: »Der Plan des dunklen Herrn war weitaus perfider«, hieß es. »Der Rest meiner Strafe, er ist nur angemessen; der dunkle Herr riss mit einem Streich meine Zunge aus meinem Mund, nahm mich mit in ein reiches Herrenhaus und übergab mich der Obhut des Edelmannes, dem ich noch immer zu Diensten bin.«

Sofia erschrak. Auch ohne die nächsten, die abschließenden Zeilen zu lesen, die sich offensichtlich an sie wandten, ahnte sie, was die Conclusio des schrecklichen Tagebuchs war:

»Nun, mein Kind, wirst du es sicher ahnen. Du warst schon immer so klug, wie du schön bist; *ich* diene dem Mann, der dich Nacht um Nacht in sein Gemach zwingt, der dich geißelt und deinen Glauben, den deine Mutter und ich dir eingaben, beständig herausfordert.

Ich bin der Diener deines Folterknechts, der auch der meine ist. Ich bin es, der dich so anwidert, dass du mir niemals ein freundliches Wort schenkst. Dass du den Raum verlässt, kaum betrete ich ihn. Du bist Teil meiner Strafe, denn ich sehe dein Leiden und es bricht mir das Herz, jeden Tag auf Neue.

Einzig deine Vergebung, mein Kind, vermag mich zu retten. Ich bete stumm, dass du die Kraft dafür findest.«

Damit schloss das Büchlein. Dieses Mal klappte Sofia es

nicht zu, dieses Mal war es an ihr, vor Schreck wie gelähmt dazusitzen. Konnte das sein? Konnte der schreckliche Dienstbote ihres Bewachers ihr eigener Vater sein?

Die Lähmung wich einer rasenden Wut. Ihr Vater hatte sie verraten und in eine Knechtschaft verkauft, der sie unmöglich entrinnen konnte. Er hatte ihre Mutter getötet und mit ihr jedes bisschen Liebe, die in der Welt jemals existiert hatte. Und er hatte sie Tag für Tag, Jahr um Jahr einen Gott um Hilfe anflehen lassen, der der Familie längst den Rücken gekehrt hatte.

Sie sprang auf und eilte in die Gemächer ihres Gebieters. Sollte er sie doch schlagen, sollte er doch böse werden, es war ihr egal, sie wollte nur noch eines: Genugtuung.

»Ich verlange, dass Ihr den Dienstboten fortschickt!«, rief sie aufgebracht, als sie, ohne zu klopfen, das Zimmer des Grafen betrat.

Er hob nicht einmal den Blick von den Briefen, mit denen er an diesem frühen Morgen befasst war. Sie baute sich vor seinem Schreibtisch auf und stemmte empört die Hände in die Hüften.

»Hört Ihr nicht? Ich will ihn nicht mehr sehen müssen, diesen, diesen ...«

»Nicht mal in Wut vermagst du zu fluchen? Ich hoffte, mit der Erkenntnis käme dir die Frömmelei abhanden«, sagte er ruhig.

Sie ließ die Arme sinken. Mit solch einer Abfuhr hatte sie nicht gerechnet. Nun sah er auf, sein Blick war gelassen, fast heiter.

»Kind, ich kann und werde den Mann nicht fortschicken. Es ist unabdingbar, dass er uns beiden zu Diensten ist.

Ohne ihn wäre es in unserem trauten Heim einfach nicht so amüsant.«

Nun lächelte er breit, das Lächeln, das sie hassen gelernt hatte. Sie wollte aufbegehren, wollte ihrem Ärger und ihrer Verzweiflung Luft machen, aber er winkte ab, nun ernst.

»Geh. Es hat keinen Zweck. Wenn du etwas erreichen willst in dieser Sache, so musst du es selbst tun. Ich werde dir das nicht abnehmen.« Er zögerte kurz. »Das ist doch sozusagen eine Familienangelegenheit.«

Damit wandte er sich wieder seinen Briefen zu.

Sofia wusste, dass es sinnlos war, zu insistieren. Wenn der Bewacher ihr nicht helfen wollte, so hatte er einen Grund. Und sei es auch nur, sie zu demütigen und ihre Qual zu vergrößern.

Eine Familienangelegenheit also, dachte sie. Ihr blieben Zweifel, immerhin kannte sie die sadistischen Spiele ihres Gebieters nur zu gut. Ihr einzureden, dass ein eigentlich Unschuldiger ihr und ihrer Mutter das Schlimmste angetan hatte und sie dann zwingen, eine Bestrafung vorzunehmen, sodass sie sich womöglich einer Sünde schuldig machte, das passte zu ihm.

Sofia beschloss, im Gebet eine Antwort zu suchen, und so kleidete sie sich an und begab sich in den Park.

Als sie am See saß, den Rosenkranz in der Hand und flüsternd ihr Ave Maria betend, kam langsam die Ruhe über sie, die sie so ersehnte. Doch dieser Frieden währte nicht lange; kaum hatte sie sich der Schönheit der Landschaft ergeben und es geschafft, die rasenden Gedanken in ihrem Kopf durch das stetig wiederholte Gebet ein wenig zur Ruhe zu bringen, erschien der grauenhafte Diener mit einem Tablett, auf dem Tee und Kekse angerichtet waren. Er stellte es neben ihr ins Gras, verbeugte sich demütig, entfernte sich aber nicht.

Ihr Flüstern brach ab, der Frieden war fort. Krampfhaft hielt sie den Blick auf die Wasserfläche vor ihr gerichtet, ließ sich vom Blau anziehen, von den winzigen Wellen hypnotisieren, die der Wind auf die Oberfläche malte. Dabei spürte sie nur allzu deutlich die Anwesenheit des Mannes, der womöglich ihr Vater war. Die winzigen Härchen an ihren Armen stellten sich mit einem unangenehmen Kribbeln auf, dann schien sich gar ihre Kopfhaut zusammenzuziehen.

»Geht!«, sagte sie schließlich schroff.

Der Diener verbeugte sich abermals und machte ein paar Schritte rückwärts. Das Kribbeln auf ihrer Haut ließ jedoch nicht nach. Ein Schatten fiel über sie, dünne Beine in schwarzen Hosen erschienen in ihrem Blickfeld, verharrten kurz, gingen dann weiter. Jemand ließ sich neben ihr nieder. Das Kribbeln wurde schier unerträglich. Sie blickte auf, aber nicht zur Seite – der dunkle Herr saß neben ihr, das spürte sie, und sie wollte sich seinen grauenhaften Anblick nicht zumuten.

»Du weißt es doch längst, mein Kind«, flüsterte es nah an ihrem Ohr.

Zu nah; Ekel drückte ihren Magen zusammen. Sie war froh, noch nicht gegessen zu haben.

»Du weißt, dass er es ist. Erkennst du denn nicht die Verzweiflung im Blick des Alten, wenn er dem Meister die Peitsche bringen muss? Er weiß, was seiner kleinen Tochter angetan wird, und kann nichts dagegen unternehmen, stumm und gefesselt, wie er ist. Nicht einmal tröstend den väterlichen Arm anbieten kann er mehr, das verbietet ihm mein Fluch. Ich fand, du solltest es endlich wissen.«

Er kicherte. Ein merkwürdiges Geräusch, wenn man den Mund kannte, aus dem es drang.

Sofias Ruhe war vergangen, als hätte sie sie nie verspürt. Die Wut war zurück.

Sie straffte den Rücken, schüttelte mit einer ungeduldigen Bewegung den Kopf und sagte dann, so fest ihr möglich war: »Schickt ihn fort. Ich will ihn hier nicht mehr haben, aber der Graf weigert sich. Schickt Ihr ihn also fort.«

Lachen an ihrem Ohr. Es fröstelte sie.

»Du weißt, dass ich das nicht tun werde, Kind.«

»Dann tötet ihn!« Als sie es aussprach, erschrak sie. Schon der Wunsch, einen anderen Menschen tot zu sehen, war Sünde. Unwillkürlich schlug sie die Hand vor den Mund.

Der dunkle Herr lachte wieder, ausgelassen, fast herzlich. Fast menschlich.

»Es ist, wie dein Graf gesagt hat: Wenn du ihn verjagen willst, musst du schon selbst tätig werden.«

Sofia sank in sich zusammen. Ihre Folterknechte hatten sich selbst übertroffen. Sie hatten ihre Mutter getötet, quälten Sofia in ihrer Gefangenschaft, hatten ihr die Erkenntnis eingegeben, dass allein ihr Vater Schuld an ihrem Elend hatte. Und schlussendlich zwangen sie sie, mit dem Sünder zu leben, der ihre Seele verspielt hatte, sodass nichts, was sie tat, sie noch würde retten können.

Überrascht stellte sie fest, dass Tränen über ihre Wangen rannen. Nicht einmal den winzigen Funken

Hoffnung, den Sofia zeit ihres Lebens in Gott den Allmächtigen gesetzt hatte, wollten sie ihr lassen. Nicht einmal das.

Die Gestalt an ihrer Seite verschwand, dafür berührte sie ein harter Finger von der anderen. Er strich beinahe zärtlich über ihre Wange, wischte die Tränen weg.

Nun war die Wut alles, was sie noch hatte. Sie übermannte Sofia regelrecht, stürzte auf sie ein und blendete sie. Heftig schlug Sofia die Hand weg, sprang auf und wirbelte herum.

»Du fasst mich nicht an, Elender!«, rief sie.

Erschrocken über ihren Ausbruch duckte sich der Diener und wich zurück. Da beschloss sie, den Befehlen ihres Bewachers zu gehorchen: Er wollte nichts tun? Der dunkle Herr verweigerte sich ebenfalls? Dann würde sie es eben selbst machen. Wenn Gott sie nicht retten konnte, weil sie sogar frei von Sünde längst der Hölle gehörte, dann konnte sie auch sündigen.

Mit einem Schrei, dessen Lautstärke sie selbst überraschte, stürmte sie auf den Diener zu, packte ihn im Laufen und riss ihn mit sich in den See, immer weiter, bis sie den Boden unter den Füßen verlor und mit dem alten Mann versank.

Erst war er zu verblüfft, um sich gegen sie zur Wehr zu setzen, aber nun, mitten im See, versuchte er es. Allein, ihre Wut trieb sie an, gab ihr eine Stärke, die sie von sich ebenso wenig kannte wie die Heftigkeit ihrer Stimme. Sie schwamm und schwamm und zerrte dabei den Alten mit sich, der wild um sich schlug. Als sie die Mitte des Sees erreicht hatte, hörte sie auf zu schwimmen, ließ sich treiben, wollte sich sinken lassen, aber der Alte strampelte und kämpfte, sodass sie einfach nicht untergingen.

Zweimal musste sie ihre Faust in sein Gesicht schmettern, noch so eine neue Empfindung, ein Schmerz, dann wurde er schlaff und sie sanken und sanken bis zum Grund des Sees.

Als sie zu sich kam, lag sie am Ufer auf dem Rücken. Neben ihr hockte der dunkle Herr und lächelte sie an. Sie wandte den Kopf. Auf der Oberfläche des Sees trieb der Körper des Dieners mit dem Gesicht im Wasser. Er regte sich nicht mehr.

Sie hatte ihre erste Sünde begangen, sie hatte gemordet. Die Nächste, so schien es, war vereitelt worden: Sie selbst lebte.

»Auch das, mein Kind, konnte ich so nicht zulassen«, sagte der dunkle Herr mit seiner widerlich schnarrenden Stimme. »Du musst das verstehen: Wenn du auch gehst, dann ist es doch nur noch halb so lustig!«

VII

Es war ein stürmischer, dunkler und kalter Tag. Sie saß vor dem Kamin in der Bibliothek und versuchte, das Tagebuch zu entziffern. Die Buchstaben zerliefen vor ihren Augen, sie konnte nichts lesen, keinen Sinn ausmachen. Auch die Bilder, mal kunstvoll, mal stümperhaft ausgeführte Zeichnungen ohne für sie erkennbaren Zusammenhang, blieben rätselhaft. Sie war sicher, die Lösung direkt vor sich zu haben, die Lösung zu dem Geheimnis, das ihr qualvolles Leben war. Doch erkennen konnte sie sie nicht.

Sie wusste, in Wahrheit lag sie krank in ihrem Bett und dies war ein Traum. Selbst im Schlaf gönnte man ihr keine Atempause mehr, nicht mal des Nachts im eigenen Bett durfte sie mehr ausruhen – stattdessen wurde sie nun auch im Traum gequält. Tränen rannen über ihre Wangen. Abwesend wischte sie sie ab. Das Weinen war ihr zur zweiten Natur geworden, die Träume und die Andeutung von einem Ausweg aus ihrer Folter hatten ihr die stoische Ruhe genommen, mit der sie bislang die Gefangenschaft ertragen hatte. Tag und Nacht würde sie fortan leiden, das wusste sie nun.

Ein Geräusch in einer der dunklen Ecken der alten Halle schreckte sie auf. Dort stand grinsend der dunkle Herr. Sie spürte die Hitze, die von ihm ausging, von seinem Körper und seiner teuren Kleidung abstrahlte wie von einer kleinen Sonne. Das Gefühl widerte sie an.

»Du verstehst es immer noch nicht, Kind. Du bist schwer von Begriff«, sagte er und kam gemessenen Schrittes zu ihr.

Die Hitze nahm zu. Sie fühlte sich auf einmal fiebrig.

Er blätterte gedankenverloren in dem Tagebuch, grinste über einige der Zeilen, die darin standen, dann ließ er davon ab.

Den Kopf schief gelegt und wieder das anzügliche Grinsen auf den Lippen sagte er: »Du kannst hier nicht hinaus. Du bleibst hier in diesem Schloss und jenem Park, bei deinem Meister, der dich ganz nach seinem Willen gebrauchen wird. Du wirst erst sterben, wenn deine Zeit gekommen ist. Und bis dahin wirst du leiden.«

Er beugte sich vor, sodass sein Gesicht fast das ihre berührte.

»Weißt du, was Perfektion ist? Reine Schönheit und vollkommene Harmonie? Du solltest es wissen, Kind. Dein Leben, so elend es dir erscheinen mag, es ist mein Meisterwerk – die Perfektion der Rache.

Du bist die Unschuld, die auf dem Altar der Schwäche geopfert wurde, von deinem eigenen Vater, der dann auch noch teilhatte an deiner Qual, der eines meiner Werkzeuge war und gleichzeitig die Hauptfigur in meinem Spiel.

Verstehst du immer noch nicht? Betrügen wollte er mich, dein feiner Herr Vater. Bot mir dein Leben gegen das deiner untreuen Mutter, glaubte dann aber, mich mit dem angeblich Allmächtigen zum Narren halten zu können, und wollte mir meinen rechtmäßigen Lohn verweigern: ein Leben für ein Leben.

Das tut man nicht, mein Kind. Man betrügt mich nicht. So nahm ich denn alles: Die Seele deiner Dirnenmutter, die das Himmelreich schon lange verwirkt hatte. Die Seele deines Vaters, verloren ab dem Moment unseres Paktes. Und nun, mein Kind, da du ein Leben genommen hast, erhalte ich auch die ehemals reine Seele des Kindes, das mir von Anfang an versprochen war.

Doch das hat noch Zeit. Ich habe Geduld. Erst darf mein treuer Diener dich noch einige Jahre für sich behalten. Verliert er die Lust an dir, dann, mein Kind, und erst dann, darfst du diese Welt verlassen und in die meine überwechseln.

Welche dir besser gefällt, entscheidest du.«

Damit wandte sich der dunkle Herr ab und verschwand lachend in der dunklen Nische. Sie aber konnte nicht aufhören zu weinen.

AB INS GRÜNE

Anna Bäumer war eine empfindsame Frau. So empfindsam, dass sie oftmals den Gesprächen anderer Menschen nicht folgen und ihre Handlungen nicht nachvollziehen konnte. Aber das störte Anna nicht besonders.

Zumindest nicht mehr: Schon vor Jahren hatte sie einen Beruf ergriffen, der es ihr erlaubte, von zu Hause aus zu arbeiten. Auch der Kundenkontakt war auf ein Minimum reduziert, sodass sie sich manches Mal fast freute, wenn eine ihrer Kundinnen anrief.

Ihre sozialen Kontakte erschöpften sich in einer Handvoll enger Freunde, die sie gerne im privaten Rahmen traf – und in einer so weiten Frequenz, dass es sie nicht allzu sehr anstrengte.

Es hatte lange gedauert, ehe Anna akzeptieren konnte, dass sie nun mal eine »Einsiedlerin« war und ihr Leben besser allein lebte, ohne allzu intensiven Einfluss von außen.

Früher war sie oft ausgegangen, hatte einen großen Freundes- und Bekanntenkreis unterhalten, häufig Feiern ausgerichtet – alles, um bloß dazuzugehören. Und immer wieder hatte sie sich dabei schlecht gefühlt, überfordert.

Besonders im Nachhinein hatte sie oft leiden müssen, wenn sie übernächtigt und erschöpft erwacht war und eigentlich Tage gebraucht hätte, um wieder ganz zu Kräften zu kommen, aber die nächste Verpflichtung bereits auf sie wartete.

Immer wieder wurde ihr bewusst gemacht, wie schlecht sie darin war, Partygespräche zu führen. Ständig rutschte ihr irgendetwas Dummes heraus, das ihr schiefe Blicke oder gar Zurechtweisungen einbrachte. Dann konnte sie tagelang an nichts anderes denken als an diesen dämlichen Spruch, diesen Fehler, den sie mal wieder begangen hatte. Dabei tat sie das alles doch nur, um normal zu sein!

Zum Glück hatte sie es irgendwann geschafft, ihre eigene Normalität zu akzeptieren, und ihre wenigen engen Freunde bestärkten sie darin. Wenn sie heute ausging, musste sie sich keinen Small Talk ausdenken oder sich auf fremde Menschen einstellen. Jetzt konnte sie richtige Gespräche führen, von Anfang an, dort anknüpfen, wo man ein paar Tage oder auch mal Wochen zuvor aufgehört hatte. Und sie liebte es.

Am meisten Zeit verbrachte Anna mit ihren Pflanzen. Ihre stummen Gefährten überforderten sie ganz und gar nicht – sie hatte einen tiefgrünen Daumen, ein Talent für die Pflege von allem, was grünte und blühte. Und sie kannte sich gut aus, was Zimmerpflanzen anging. Das machte sie stolz.

»Keine Angst«, sagte Anna und lächelte sanft, als sie die Schere ansetzte. »Ich tu dir nichts. Ich will dir nur ein bisschen Luft verschaffen. Das Alte kommt ab, dann kannst du neu austreiben und noch schöner werden.«

Sie schnitt das welke Blatt ab und ließ es in den Mülleimer fallen, den sie neben sich gestellt hatte. Seit sie diese

Roald-Dahl-Geschichte mit den Rosen gelesen hatte, die markerschütternd schrien, sobald sie beschnitten wurden, hatte sie immer ein schlechtes Gewissen beim Stutzen ihrer Pflanzen, aber was sein musste, musste nun mal sein.

Und diese Schefflera, sonst sehr hübsch, hatte entschieden nachgelassen: Viele welke Blätter hingen an den Stielen, ganze Äste waren abgestorben. Vermutlich musste sie einen anderen Platz für ihr Prachtstück finden, mehr Licht vielleicht, damit es sich erholen konnte.

Als sie fertig war, nahm sie den Topf und trug ihn ins Nachbarzimmer. Dabei redete sie beruhigend auf die Pflanze ein, denn so ein Umzug missfiel vielen ihrer grünen Freunde. Das hatte sie leidvoll lernen müssen, als ihr Ficus, ein wunderschöner Strauch von fast zwei Metern Höhe, elend eingegangen war, nachdem sie ihn von seinem angestammten Platz fort und vor ein größeres Fenster gestellt hatte.

Mehr Licht hatte sie ihm gönnen wollen, aber stattdessen waren seine Blätter gelb und trocken geworden und abgefallen. Nichts hatte geholfen, sie hatte ihn schließlich entsorgen müssen – ein braunes Skelett, das traurig auf dem Komposthaufen im Garten ihrer Vermieterin verrottete.

Irgendwann hatte sie den Anblick nicht mehr ertragen und es vermieden, aus dem Küchenfenster zu sehen. Noch heute jagte es ihr einen Schauer über den Rücken, wenn sie beim Geschirrspülen aufsah und den dunklen, erdigen Haufen betrachtete, der das Grab ihres besten Freundes geworden war. Annas Trauer damals war unermesslich gewesen, und ganz verschwinden würde sie vermutlich nie.

Aber dieses Mal ging es bestimmt gut. Die Schefflera war nicht so empfindlich. Außerdem hatte sie auch in dem kleinen Schlafzimmer einen regelrechten Dschungel versammelt; hier würde sich ihre Strahlenaralie wohlfühlen. Vorsichtig stellte sie den Topf am Boden ab und schob die Kollegen auf dem tiefen Fensterbrett ein wenig näher zusammen. Ja, das sollte passen.

Von der Tür aus bewunderte Anna die Wirkung. Durch das breite Bogenfenster filterte grünes Licht, so viele Pflanzen standen nun auf dem Brett. Lüften würde eine Herausforderung werden, aber das war sie mittlerweile gewöhnt. Kichernd holte Anna den Mülleimer aus dem Wohnzimmer und brachte ihn zurück in die Küche, wo sie gleich Teewasser aufsetzte. Für heute war sie fertig mit dem Versorgen der Pflanzen, jetzt konnte sie an die Arbeit gehen.

Am nächsten Tag saß Anna schon früh am PC, aber die Arbeit wollte ihr nicht recht von der Hand gehen. Die Ablenkung durch das Internet war heute besonders stark, und da ihre Konzentration gerade keine Höchstleistungen zuließ, gab sie sich mit nur leicht schlechtem Gewissen der Prokrastination hin.

Sie schlug nach, was sie ihrer Schefflera noch Gutes tun konnte, um sie aufzupäppeln, und vor allem, ob die Pflanze den spontanen Umzug überleben würde.

Letzte Ncht hatte sie von dem Ficus-Desaster geträumt und war traurig und besorgt aufgewacht. Noch so einen Verlust wollte sie nicht riskieren, obwohl die Strahlenaralie am Morgen ausgesprochen gut ausgesehen hatte. Sie hatte üppig und gesund gewirkt, und fast ein wenig größer als noch am Vortag, was natürlich Humbug war. Selbst wenn man bedachte, wie gut diese Pflanze auf radikalen Beschnitt ansprach, wuchs sie nicht über Nacht. Vermutlich hatten sich die Blätter ein wenig aufgestellt, sodass sie nun größer und gesünder aussah. Eigentlich kein Grund zur Sorge, Anna hatte offensichtlich alles richtig gemacht.

Nachdem sie sich das nochmals bestätigt hatte, wechselte sie zu Pflegeanweisungen für die Banane, die sie erst kürzlich erworben hatte und die nun einen Ehrenplatz neben der Wohnzimmercouch einnahm.

Erstaunt ließ sie sich darüber belehren, dass die Früchte der Banane aufgrund des hohen Gehalts an Kalium als radioaktiv eingestuft wurden – allerdings in so geringem Maß, dass es zu vernachlässigen war; man musste wohl eine mehr als enorme Menge Bananen konsumieren, um Auswirkungen zu erleiden. Trotzdem spannend. Ihre kleine Zimmerbanane würde hoffentlich irgendwann durchaus einmal Früchte tragen, aber ob die dann essbar waren, stand in den Sternen.

Außerdem bildeten Bananen Ableger, die sich neben der Mutterpflanze im Boden festsetzten und weiterwuchsen, wenn die Mutter nach der Frucht einging. Dieser kleine Klon ersetzte sozusagen die Altpflanze, vermehrte sich irgendwann selbst und gab nach der Frucht den Geist auf, was den Stab an die nächste Generation weiterreichte. Im Grunde waren Bananen also radioaktive Wanderer, denn jede neue Generation spross, ein Stückchen versetzt, neben der älteren.

Man konnte sie als langsame Eroberer betrachten, die mit ihrer radioaktiven Fracht stetig näher und näher kamen, grüne Soldaten von schlankem Wuchs, die Bomben in eleganten Dolden immer am Mann. Waren sie gekommen, die

Menschheit auszulöschen? Dumm wäre das nicht ... Aber kamen sie nun auch, um Anna zu holen?

Trotz der Absurdität dieser Vorstellung lief ihr ein Schauer über den Rücken. Anna ärgerte sich darüber. Fing das jetzt auch noch bei ihren geliebten Pflanzen an, dieses Unwohlsein? Es reichte doch, dass sie sich von Menschen fernhalten musste, auf ihre grünen Gefährten konnte und wollte sie nicht auch noch verzichten!

Schluss also mit diesen dämlichen Gedankenspielen. Bananen als bewaffnete Mörder – wie absurd!

Dennoch blickte sie kurz unbehaglich über die Schulter auf den Neuankömmling neben der Couch. Statt eines feindseligen Aliens, in dessen Blättern sich Mordlust spiegelte, sah sie jedoch nur eine harmlose, hübsche Zierbanane. Groß und stolz ragte sie aus ihrem Topf und versprach sattes Grün und vielleicht sogar Früchte – eines Tages. Groß und stolz präsentierten sich auch die Monstera, die grüne Lilie, der Farn, ihre Gummibäume und die Yucca-Palmen.

Wirkten die feindselig? Wurden sie vielleicht zu groß? Erstickten sie das Zimmer? Entgegen ihrer sonstigen Zuneigung zu ihrem kleinen Dschungel fühlte sich Anna plötzlich tatsächlich bedrängt.

Der Raum erschien ihr auf einmal zu dunkel, zu viel Licht ging an die Fensterbrettbewohner verloren: Die seltsam verwachsene Bonsai-Dame, die sie einfach nicht bändigen und in eine adrette Form bringen konnte, und die stattdessen regelrechte Ranken nach allen Seiten streckte. Die bizarre Flamingo-Pflanze. Der winzige Affenbrotbaum, der hoffentlich überleben und eines Tages seine viel gepriesenen Blüten herzeigen würde. Die Buntnessel.

Sie alle nahmen gierig das Licht auf und verstoffwechselten es, um noch größer, noch üppiger, noch gieriger zu werden. Sauerstoff produzierten ihre »Freunde« nur, solange sie genug von dem Licht abbekamen. Bei Dunkelheit mussten auch sie »atmen«.

Gab es eine Grenze, wie viele Pflanzen man in eine Wohnung pressen konnte, ehe der Sauerstoff knapp wurde? Ging das überhaupt?

Ach, wieder so ein Quatsch. Sie brauchte Tee. Ablenkung von diesen makabren Gedankenspielen. Anna neigte zu einer blühenden Fantasie, das hatte ihre Mutter schon immer gesagt. Ihre Pflanzen nahmen ihr das Licht? Atmeten ihr den Sauerstoff aus der Luft weg? So ein Blödsinn!

In der Küche mied sie den Blick aus dem Fenster und auch jeden Gedanken an den Leichnam des Ficus, der schon lange verrottet und zum Futter für die Käfer, Pilze und Schnecken geworden war, die den Kompost bevölkerten. Einen Neuen hatte sie nie besorgt, das brachte sie nicht übers Herz.

Zurück am Schreibtisch beschloss Anna, sich noch ein bisschen weiter mit Kuriositäten zu Pflanzen zu beschäftigen. Ja, sie mochte zu viel Fantasie haben, aber ein bisschen Grusel an einem grauen Morgen – das schadete doch nicht. Die Arbeit konnte auch noch ein Stündchen warten, vielleicht war sie ja später motivierter.

Ein paar Klicks später vertiefte sie sich in einen Artikel über ein angebliches Experiment, bei dem ein Forscherteam versucht hatte, eine Art Sprache der Pflanzen zu entschlüsseln. Ein komplizierter technischer Aufbau, den Anna nicht recht verstand, sollte gewisse Schwingungen oder

Ausdünstungen von Grünpflanzen in menschliche Laute übertragen. Sicherlich war das nur Blödsinn, pure Erfindung, eine Internet-Geschichte, die sich als Fakt tarnte. Aber immerhin war sie gut gemacht.

Die Forscher hatten Erfolg und konnten regelrechte Dialoge zwischen ihren Versuchskaninchen nachweisen und teils sogar übersetzen – von »Meine Wurzeln werden trocken« über »Dein Blütenstand ist klasse« bis hin zu »Achtung, er kommt mit der Schere!« war alles dabei.

Pflanzen, die miteinander redeten – faszinierend! Anna malte sich aus, was ihre Schefflera wohl den neuen Mitbewohnern auf dem Fensterbrett im Schlafzimmer alles erzählte. Immerhin kannte die den Ausblick vom Wohnzimmer auf die Straße vorm Haus, während das Schlafzimmer auf einen recht drögen Hinterhof ging. Und die Wohnzimmerpflanzen waren völlig anderer Art und viel zahlreicher als die im Schlafzimmer. Vielleicht war die Strahlenaralie genau in diesem Moment der Star des Fensterbretts und wurde von allen Seiten mit Fragen bestürmt. Bestimmt auch von der alten Zitronengeranie, die früher ebenfalls mal im Wohnzimmer gestanden hatte und garantiert wissen wollte, was sich in der Zwischenzeit verändert hatte … Anna musste kichern. Pflanzen-Gossip!

Doch das Lachen verging ihr, als sie den vermeintlichen Artikel einer Wissenschaftszeitung – »Ja, genau!«, dachte Anna, »Hübsch ausgedacht das!« – zu Ende las: Eine an dem Projekt beteiligte Forscherin hatte, einfach so aus Spaß, ihren Finger abgeleckt und in die Erde eines der Versuchsobjekte gesteckt. Wissenschaftlichen Wert wollte sie diesem Experiment selbst nicht zumessen, umso bestürzter war sie, als sie am Abend die Bänder abhörte, auf denen die »Äußerungen« der Pflanzen bei verschiedenen Verrichtungen durch die Forscher aufgenommen wurden. Auch Anna lief es kalt den Rücken hinunter: »Mensch schmeckt gut«, hatte die betroffene Pflanze zu ihren Kameraden gesagt.

Weitere Experimente – dieses Mal gar mit kleinen Tropfen menschlichen Blutes in der Blumenerde – hatten ähnliche Ergebnisse erbracht; die Versuchspflanzen schätzten den Geschmack ihrer Pfleger. Das erinnerte doch arg an den *Kleinen Horrorladen* und die nimmersatte »Audrey II«, dennoch klappte Anna erschrocken den Laptop zu und beschloss, sich bei einem Spaziergang zu beruhigen, ehe sie endlich richtig an die Arbeit ging.

»Mensch schmeckt gut.« Das war ihr zu unheimlich, zu weit weg von dem Gefühl des Friedens und der Ruhe, das die Beschäftigung mit ihren grünen Freunden ihr schenkte. Korrektur: Ihr bisher geschenkt hatte. Auf einmal hatte sie gar keine rechte Lust mehr, sich zu gruseln – oder sich mit ihren Pflanzen zu beschäftigen. Mit irgendwelchen Pflanzen, was das anging.

In der Nacht erwachte Anna beklommen aus einem schlechten Traum. *Der Kleine Horrorladen* wieder, mit der gigantischen Audrey, die sie schnappen und fressen wollte, sich wand und drehte und Dutzende Lianen ausschickte, um Anna damit zu ergreifen und an sich zu ziehen.

Schwitzend und keuchend lag sie im Bett und versuchte, sich zu beruhigen, doch das Keuchen wollte einfach nicht nachlassen – sie hatte das Gefühl, keine Luft zu bekommen, nicht genug Luft. Das Fenster – das würde helfen. Sie stand auf und stellte einen Topf nach dem anderen vom Fensterbrett auf den Boden, um es öffnen zu können. Das dauerte ganz schön lange, es waren so viele Pflanzen hier ...

»... und die atmen mir alle die Luft weg ...«, dachte Anna.

Dann schalt sie sich dumm und riss das Fenster auf, um die kühle Nachtluft einzulassen. Ein paar tiefe Atemzüge später fühlte sie sich besser und legte sich wieder ins Bett. Doch bald schon verspürte sie erneut diese Beklemmung, dieses Gefühl von Atemlosigkeit, Luftlosigkeit. Das Fenster stand noch offen, eine leichte Brise strich herein. Was war denn bitte schön das Problem?

»Sie atmen dir die Luft weg«, erklang plötzlich eine andere Stimme in ihrem von Müdigkeit benebelten Kopf. »Sie finden, dass du gut schmeckst.«

»Blödsinn«, sagte Anna laut. Aber ihr Unwohlsein wollte und wollte nicht weichen. Die Beklommenheit nahm eher zu – sie hatte das Gefühl, in einem überfüllten Raum zu sein, zwischen lauter Fremden, von denen sie nicht wusste, ob sie ihr wohlgesonnen waren oder nicht. Das kannte sie noch von früher, als sie für ihren alten Arbeitgeber auf Messen den Stand hatte betreuen müssen. Zu viele Menschen, zu eng beieinander. Zu viele Blicke, die über ihren Körper strichen. Zu wenig frische Luft in der überheizten Halle. Zu viele unangenehme Gerüche um sie herum, denen sie nicht entkommen konnte.

Anna bekam Platzangst. In ihrem eigenen Bett, in ihrer eigenen Wohnung, allein.

Nun, nicht ganz allein. Der Boden am Fußende ihres Bettes stand voller Blumentöpfe.

Resigniert schälte sie sich aus ihren Laken und begann, die vielen Töpfe aus dem Schlafzimmer hinaus und ins Wohnzimmer zu tragen. Pflanze um Pflanze schleppte sie in den Nebenraum und bemühte sich dabei, den Ekel zu unterdrücken, der sie überkam, wenn ein Blatt, ein Ast oder eine Blüte ihre nackte Haut berührte.

»Mensch schmeckt gut.«

Der letzte Topf enthielt die frisch beschnittene Schefflera, deren gekürzte Stiele noch ein wenig nässten. Der Pflanzensaft benetzte Annas Oberarm und sofort brach ihr am ganzen Körper Gänsehaut aus. Fast hätte sie ihre Last einfach so fallen gelassen, aber sie konnte sich im letzten Moment zusammenreißen. Sie stellte die Schefflera neben die Wohnzimmertür – der letzte freie Platz hier, ansonsten war der Boden übersät mit Töpfen – und eilte ins Bad, um sich zu waschen.

Manisch schrubbte sie sich die Haut an Händen und Armen sauber, aber es half nicht, also riss sie sich das Schlafshirt vom Leib und sprang unter die Dusche. Es war drei Uhr morgens, ihre Nachbarin würde sich bedanken, aber das kümmerte Anna im Moment nicht.

Endlich von sämtlichen Pflanzensäften und -härchen und was auch immer die Dinger noch an ihr hinterlassen haben mochten befreit, kehrte Anna in die Diele zurück und warf noch einen letzten Blick ins Wohnzimmer. Überall grünte und blühte es, ein Garten im Haus. Der Boden war vollkommen von Pflanzen bedeckt, nur ein schmaler Pfad von der Tür zur Couch und einer zu ihrem Schreibtisch war noch frei.

Der Anblick gefiel Anna und bedrückte sie gleichermaßen. Drehte sie jetzt völlig durch? Wer stellte denn seine Wohnung derart mit Pflanzen voll – und wer schleppte sie mitten in der Nacht in ein anderes Zimmer, um bloß alleine schlafen zu können?

»Es ist nur für heute«, murmelte sie und ging wieder schlafen.

Am Morgen fror sie. Das Fenster stand noch offen. Doch das störte Anna nicht, zu gut fühlte es sich an, in einem nahezu leeren Zimmer zu liegen. Nur Schrank, Kommode, Nachttisch und das Bett umgaben sie, kein Fleckchen Grün war zu entdecken. Die frische Luft füllte ihre Lungen, sie konnte unbelastet durchatmen.

Vielleicht sollte sie ihr Schlafzimmer fortan doch frei von Pflanzen halten. Hier konnte sie den Anblick doch sowieso nicht wirklich genießen, immerhin schlief sie hier in erster Linie. Warum also alles zustellen mit dekorativen Blumen, die niemand würdigte?

Beim Betreten des Wohnzimmers zweifelte sie an der Entscheidung. Hatte der Raum in der Nacht schon voll gewirkt, konnte sie nun, in dem wenigen Tageslicht, das es durch die Blätter schaffte, erkennen, dass er völlig überfüllt war. Es sah aus wie in einem Treibhaus. Und es roch auch so: Der Duft der Blüten ihrer Kamelie mischte sich mit dem Geruch feuchter Erde. Darunter lag eine Note, die sie nicht zuordnen konnte, die aber nicht unangenehm war.

Dennoch war das eindeutig zu viel, sie hatte ihre Blumenliebe übertrieben, so viel Grünzug konnte kein Mensch unterbringen! Nicht in zwei Zimmern mit Küche!

Warum sah sie erst jetzt, wie übertrieben viele Pflanzen sie angehäuft hatte? Das war ja schon fast krankhaft!

Die Banane reichte bis knapp an die Decke. Die Monstera nahm die Hälfte der Wand ein und verdeckte mit ihren großen Blättern den Fernsehbildschirm. Gut, Anna sah nicht viel fern, aber das musste doch nicht sein. Die grüne Lilie, die in einer Blumenampel beim Lesesessel baumelte, streckte Dutzende Ableger an langen Stielen von sich. Sie wirkte so riesig wie eine ausgewachsene Trauerweide und schirmte effektiv das bisschen Tageslicht ab, das es am Farn, der neben ihr hing, vorbei schaffte. Und der Bonsai. Und der Affenbrotbaum. Und die Ufopflanze ... Wann hatte sie all diese Pflanzen gekauft? Warum so viele?

Anna war noch nie aufgefallen, wie dunkel es im Wohnzimmer war. Das lag nicht an den Neuankömmlingen aus dem Schlafzimmer, die standen wie Bodendecker überall auf dem Teppich verteilt. Keiner von ihnen hatte aufs Fensterbrett gepasst.

Aber warum eigentlich nicht? Sie hatte doch die Schefflera umgestellt, das Fensterbrett hätte einen freien Platz haben müssen.

Sie sah genauer hin. Hatte sie den Topf bereits gestern ersetzt? Nein, hatte sie nicht: Da war die freie Stelle, verhängt und zugewachsen von den Nachbarn.

Angewidert wollte Anna dem Gewächshaus, das mal ihr Wohnzimmer gewesen war, den Rücken zukehren. Kaffee, vielleicht ein Brötchen, dann würde sie anfangen, hier auszumisten.

Das konnte nicht so weitergehen, sie musste völlig durchgedreht sein, dass sie sich dermaßen in

Zimmerpflanzen eingegraben hatte. Luft zum Atmen brauchte sie, Luft!

Aber die Tür, deren Schwelle sie vorhin nur einen halben Schritt weit überschritten hatte, war verschwunden. Anna blickte auf eine grüne Mauer, ein delikates Geflecht aus Ranken und Blättern, gesprenkelt mit winzigen gelblichen Blümchen. Die seltene Blüte der Strahlenaralie. Die Pflanze, frisch beschnitten und daher eigentlich eher klein, hatte sich über den gesamten Türrahmen ausgebreitet und den Fluchtweg erfolgreich versperrt. Und sie hatte hunderte kleiner Blütenstände ausgebildet, die allesamt ihr klebriges Sekret absonderten.

Anna zog in Erwägung, einfach durch das grüne Gespinst hindurchzugehen und die feinen Ranken abzureißen. Die Erinnerung an ihren Ekel und die Gänsehaut der letzten Nacht, als der Pflanzensaft ihre Haut berührt hatte, hielt sie einen Augenblick lang zurück.

»So viel Nektar ...«, dachte sie mit Schaudern. Und dann: »Mensch schmeckt gut.«

»Jetzt hör aber mal auf!«, schimpfte sie laut und der Klang ihrer Stimme gab ihr wieder Zuversicht. Was auch immer hier los war, es hatte vermutlich eher mit einem schwachen Geist ihrerseits zu tun als mit einem Mordkomplott ihrer Zimmerpflanzen.

Wie absurd das schon klang!

Sie wollte einen Schritt durch die zugewachsene Tür machen, musste aber feststellen, dass sie die Füße nicht heben konnte. Ein Blick nach unten offenbarte dickere, festere Ranken als die der Schefflera, die sich um Annas Knöchel gewunden hatten und langsam an ihren Waden hinaufkletterten.

Mensch schmeckt gut.

Die Gänsehaut war zurück, Annas ganzer Körper fühlte sich an, als zöge er sich zusammen, alle Haare stellten sich auf. Sie wandte den Kopf und sah, dass es die Banane war, die sie gefangen hielt. Der Strauch war plötzlich höher als das Zimmer und knickte an der Decke leicht ab. So wirkte es, als starrte die Banane Anna bedrohlich entgegen.

»Sie finden, dass du gut schmeckst. Sie wollen dich töten und dann werden sie dich fressen.« Wieder die Stimme von letzter Nacht, die Stimme in ihrem Kopf.

Hätte sie doch nur diesen verflixten Pseudo-Artikel zur Kommunikation der Pflanzen nicht gelesen. So etwas brachte sie offenbar nachhaltig durcheinander.

Anna bückte sich und wollte die Ranken von ihren Knöcheln lösen. Sie war sicher, dass sie nichts zwischen den Fingern spüren würde. Was für ein Quatsch das auch war – da konnte doch nichts sein! Aber sie berührte nicht nur die Fesseln, sie musste auch hinnehmen, dass sie sich nicht lösen ließen. Zu fest hielt die Banane sie umschlungen, zu dick waren die Triebe, die geschickt worden waren, Anna zu halten.

»Siehst du. Du bist Nahrung«, sagte die Stimme.

»Quatsch!«, beharrte Anna, merkte aber selbst, dass sie nicht annähernd so sicher klang, wie sie sich das wünschte.

Sie wollte nach vorn greifen, das Blattwerk der Schefflera in der Tür durchstoßen und im Idealfall das Telefon auf dem kleinen Beistelltisch im Flur erreichen. Das musste doch zu machen sein, auch wenn sie hier wie festgenagelt stand. Wieder kamen ihr ihre Pflanzen zuvor – weitere Ranken krochen über ihren Rücken und die Schultern und legten sich um ihre Handgelenke. Es ging viel zu schnell und es tat weh.

Anna schrie auf, halb vor Schreck, halb vor Schmerz. Die Ranken drückten zu, fest und immer fester, bis das Blut in ihren Händen gestaut wurde und die Haut ganz rot anlief. Das kribbelte fies.

Jetzt verlegte Anna sich aufs Bitten: »Lasst das doch, was habe ich euch denn getan?«

Keine Antwort. Was hatte sie auch erwartet? Dass tatsächlich »Audrey II«, die Venusfliegenfalle von er Venus, vortreten und ihr erklären würde, dass das leider nicht ginge, weil »Füttere mich«?

Anna wand sich und zappelte, warf den Kopf hin und her, schrie und zerrte – aber die Ranken wichen nicht, ließen nicht nach. Im Gegenteil, immer mehr Blattwerk schlängelte sich um ihren Körper, schob sich unter den Morgenmantel, unter ihr Schlafshirt, in ihr Höschen. Sie fühlte sich belästigt, beschmutzt. Kleine Blüten legte sich auf ihr Gesicht, schwebten vor ihren Augen und schienen sie neugierig zu mustern.

Mensch schmeckt gut.

Ihre Gedanken rasten. Was konnte sie tun? Was sollte sie tun? Sie musste irgendwie entkommen, musste sich aus diesem Albtraum lösen.

Ein Albtraum! Das war es! Ihre Rettung war nah, das hier konnte nur ein schlimmer Traum sein und gleich würde sie aufwachen und dann wäre alles ganz normal und sie könnte ihren Tag begehen, wie sie es immer tat. Als Erstes würde sie sämtliche Pflanzen rausschmeißen. Alle weg. Alles raus.

Eine Ranke legte sich um ihren Hals wie ein Schal, locker, erstaunlich warm.

Ein Albtraum, das war ein Albtraum.

Die Ranke zog sich zögernd enger, als wollte sie ausprobieren, was mit dem Menschen geschah, zu dem dieser dünne, zerbrechliche Hals gehörte, wenn man das tat.

Albtraum, bestimmt. Gleich kommt der Moment des Aufwachens.

Die Ranke drückte fester, zog Schlinge um Schlinge um Annas Kehle, bis Anna keine Luft mehr bekam.

Verzweifelt versuchte sie, Atem zu schöpfen, keuchte mit geöffneten Lippen, doch die nächste Ranke fuhr in ihren Mund, tastete ihre Zunge ab wie in einem obszönen, aufgezwungenen Kuss, und bahnte sich ihren Weg Annas Hals hinab. So von außen wie von innen erstickt, konnte Anna nur noch beten, dass sie aufwachte, bevor sie in diesem Traum starb. Wie schrecklich musste das sein! Hoffentlich erinnerte sie sich nach dem Aufwachen nicht mehr an dieses grauenhafte Martyrium ...

»Mensch schmeckt gut«, flüsterte die Stimme Anna noch mal ein, ehe sie endgültig verstummte.

ZOMBIERKALYPSE

Anmerkung der Autorin:

Die *Zombierkalypse* war ein Event zum *Wave Gotik Treffen* in Leipzig, einem großen Festival, das Jahr für Jahr mit Konzerten, Partys, Lesungen, Theaterstücken, Sondervorstellungen im Kino und Ausstellungen aller Art die sogenannte »Schwarze Szene« – Gruftis – in die Stadt lockt, um fünf Tage gemeinsam friedlich zu feiern.

2019 organisierte Carolin Gmyrek eine Theater-Lesung mit den Poetry-Slammern Lars Galonska und Lukas Lindig, die dem Publikum nahebringen sollten, wie man sich während einer Zombieapokalypse am besten verhält, um die eigenen Überlebenschancen zu erhöhen. Vincent Voss, Claudia Rapp und Carolin Gmyrek entwarfen zu jedem Thema das entsprechende Worst-Case-Szenario und auch ich durfte meinen Beitrag leisten, der der Nachwelt nicht vorenthalten werden soll.

Orte, an denen man Schutz suchen kann. Oder auch nicht.

Das Einfamilienhaus

Als Harald P. (43) klar wurde, dass das keine Übung war, freute er sich insgeheim ein wenig. Endlich konnte er seine Frau Melanie (41) von seinem Können überzeugen. Von seinen männlichen Fähigkeiten, seinen *Skills*.

Die Garage, zum Glück nach amerikanischer Art direkt mit dem Wohnhaus der Familie verbunden, war voller Holz und voller Werkzeug. Die P.s parkten seit jeher auf der Straße, was Melanie zwar gerade im Winter nicht gefiel, aber da musste sie eben durch. Die Garage war Haralds Werkstatt und damit basta!

Jetzt, ha!, jetzt maulte Melanie nicht mehr. Jetzt drückte sie ängstlich Tochter Julia (14) an sich und drängte Harald, doch endlich was zu machen.

»Beschütz deine Familie!«, brüllte sie hysterisch, als die Nachrichtenbilder im Fernsehen immer mehr der grausam anzusehenden, wankenden und stöhnenden Gestalten zeigten, die ganz unverkennbar die kleine Stadt heimsuchten, in der die P.s lebten.

Harald versetzte Melanie eine saftige Ohrfeige, die sie entsetzt verstummen ließ. Er hatte sie noch nie geschlagen – das tat man schließlich nicht – und stellte jetzt überrascht fest, dass es erstaunlich befriedigend war. Besonders, weil es so gut klappte: Die Alte hielt den Mund.

Das war nun schon eine ganze Weile her.

Zwischenzeitlich hatte Harald mit Unterstützung seines Sohnes Michael (16) sämtliche Fenster und Türen im Erdgeschoss mit Brettern vernagelt – auf die Kunststoff-Rollläden des Hauses allein, die natürlich ebenfalls geschlossen waren, wollte sich Harald nicht verlassen.

Klug von Harald!

So bot das kleine Eigenheim der P.s keine Angriffsfläche über die bodenlangen Fenster der Terrasse oder die großen Scheiben in der Küche oder auch nur die kleine Luke im Gästebad. Oder die Glasquadrate in der Tür.

Die Familie P. lebte in der luxuriösen Situation, mit dem eigenen Besitz tun und lassen zu können, was ihr beliebte. Nun gut, das Haus war noch nicht abbezahlt, aber wen kümmerten in so einer Situation schon die Ansprüche irgendwelcher Banken?

Harald hatte alles richtig gemacht, als er beim Bau auf den Hauszugang der Garage bestand, auf eine hölzerne Terrassenüberdachung verzichtete, die nun als Kletterhilfe missbraucht werden könnte, und nur einen kleinen, fensterlosen Abstellraum als Keller einbaute. Ihr persönlicher Bunker, falls doch alles schiefgehen sollte.

Solange das Wasser noch lief, füllte die Familie fleißig alle möglichen Behälter und lagerte sie in Julias Zimmer im ersten Stock. Schließlich wusste man nie, wie lange die Behörden die öffentliche Versorgung aufrechterhalten konnten. Nahrungsmittel gab es zuhauf in der Garage, denn Melanie war eine umsichtige Einkäuferin, die gerne sparte, indem sie Großgebinde erstand. Wofür hatte man denn die alte Metro-Karte vom Kneipenwirt Klaus an der Ecke?

Allein die Geräusche zehrten an den Nerven der Familie. Das Kauen und Nagen draußen, durchbrochen von verzweifelten Schreien flüchtender Menschen, die manchmal auch an die Türen und Fensterläden der P.s hämmerten und vernehmlich Einlass begehrten. Melanie und Julia weinten dann stumm oder summten tröstende Kinderlieder vor sich hin, Michael wurde blasser und blasser und Harald bemühte sich, die Disziplin der Truppe mit Humor aufrechtzuerhalten. Das kam nicht immer gut an. Die Frauen weinten viel und Haralds Witze wurden immer aggressiver.

Als der Strom ausfiel und auch das Wasser nur noch tröpfelte, dauerte ihm die Belagerung entschieden zu lange. Die Aufregung des Neuen hatte längst nachgelassen und Harald sich daran gewöhnt, zusammen mit Michael mittels Taschenlampe die Barrikaden im Erdgeschoss zu kontrollieren. Dreimal am Tag taten sie das, und immer, wenn sie etwas aus der Garage holten.

Die Familie saß zu dem Zeitpunkt noch einigermaßen sicher und gemütlich im Obergeschoss und lauschte den regelmäßigen Kürzest-Nachrichtensendungen, die der Katastrophenschutzdienst ausstrahlte. Michael hatte mal fürs Camping so ein Radio mit Kurbel bekommen, für das die Familie jetzt ausgesprochen dankbar war. Auch für die entsprechende Taschenlampe gleicher Technik übrigens.

Ohne Strom wurde es schnell ungemütlich. Ungemütlich, weil dunkel. Die Frauen weinten noch mehr und flehten darum, dass er sie rauslassen möge. Sie wollten einen der offiziellen Schutzräume aufsuchen.

»Andere Menschen, Schatz«, bettelte Melanie. »Da sind andere Menschen. Und Leute, die uns helfen können.

Die haben sicher noch Strom, es gibt doch diese Aggro...«

»AGGREGATE«, schrie Harald. Dumme Ziege, wusste nicht mal, wie das hieß. »Wir brauchen keinen ›offiziellen Schutzraum‹« – Harald betonte ›offizieller Schutzraum‹ mit besonders viel Häme, wie es kleine Kinder tun, wenn sie jemanden nachäffen – »wir haben hier unseren Schutzraum. Unser eigenes Zuhause. Sicher und schön.«

Melanie zweifelte, das konnte er sehen. Also fügte er mit aller Autorität, die er aufbringen konnte, ein vehementes »Und basta!« an.

So saß die Familie sicher und weinend in ihrem privaten Bunker und harrte der Dinge, die da kämen. Bis Julia eines Nachts mit der ›Klo-Kerze‹ der Familie im Gästeklo im Erdgeschoss austreten ging. Sie erledigten ihre Notdurft nach wie vor in der Toilette, aber seit das Wasser ausgefallen war, benutzten sie das Klo im Erdgeschoss und spülten nur bei großen Geschäften mit möglichst wenig Brauchwasser nach. Harald hatte ein ausgeklügeltes System, das wenige Wasser, mit dem die Familie sich wusch und die Zähne putzte, wieder aufzufangen und in einem Eimer im Gästeklo zur Verfügung zu stellen.

Julia jedenfalls schlief immer schlechter und war entsprechend übermüdet, als sie beschloss, mit der brennenden Kerze noch ein wenig im alten Wohnzimmer der Familie zu sitzen und die Weichheit der Nappaledercouch ihrer Mutter zu genießen. Ein Augenblick der Stille, der Ruhe, fernab von ihrem despotischen Vater und der hysterischen Mutter ...

Es kam, wie es kommen musste: Julia döste ein. Soweit kein Problem, Schlaf ist wichtig, besonders in Ausnahmesituationen wie der Apokalypse.

Unglücklicherweise stieß Julia beim Umdrehen die Kerze um, die neben ihr am Boden stand und deren Flamme nicht erlosch, sondern die dünne Decke in Brand setzte, die von der Sitzfläche hing, den Teppich und durch Vermittlung der Decke auch die Vorhänge vom großen, jetzt vernagelten Panoramafenster hinter dem Sitzmöbel. Und schließlich, als Julia durch die plötzliche starke Rauchentwicklung bereits in gnädiger Ohnmacht versunken war, das Holz der Barrikaden.

Die Familie oben erwachte erst, als es längst zu spät war: Sie würden niemals erfahren, dass ihre Tochter unten auf der Couch verbrannt war, ohne es überhaupt zu bemerken. Sie würden niemals erfahren, was passiert war. Und trotz Haralds Bemühungen um Disziplin in seiner kleinen Truppe würde keiner von ihnen das Haus, ihren persönlichen Schutzraum, lebend verlassen.

Das Erdgeschoss brannte lichterloh, ein Durchkommen war unmöglich. Unten tummelten sich, angelockt vom Knistern und Knirschen, Melanies Schreien und dem Licht, die ungebetenen Besucher, wegen denen sich Familie P. überhaupt erst hatte einbunkern müssen. Ein Sprung aus dem ersten Stock – im Grunde machbar – kam also ebenfalls nicht infrage.

Was tun?

Harald wusste es nicht. Melanie war ebenfalls ahnungslos. Allein Michael ließ sich nicht ins Bockshorn jagen und sprang eben doch – mitten hinein in eine Meute Untoter, die er, jung und kräftig wie er nun mal war, doch sicherlich rennenderweise würde besiegen können.

Der Versuch misslang. Michael scheiterte an der schieren Menge hungriger Angreifer, und so mussten Harald P.

und seine Frau Melanie hilflos weinend und jammernd mit ansehen, wie hinter ihrem Haus, auf der hübschen Terrasse mit den sauteuren Terrakotta-Fliesen, die Melanie immer so geliebt hatte, ihr einziger Sohn Stück für Stück auseinandergerissen und von hungrigen Mäulern verschlungen wurde.

So viel Blut, stellte Harald fest, hatte es selbst bei den Geburten seiner beiden Nachkommen nicht gegeben.

Die Stadtwohnung

Vierter Stock.

Vierter Stock ist hoch genug, um sicher zu sein.

Vierter Stock ist aber auch hoch genug, um beim Sprung schwere Verletzungen zu riskieren. In der Welt, wie sie jetzt ist, ist ein Beinbruch tödlich. Die wandelnden Toten sind überall, und selbst, wenn sie nicht kommen sollten: Medikamente sind mittlerweile Mangelware.

Seit 19 Tagen sitze ich jetzt schon fest. Ich bin eine Gefangene meiner eigenen vier Wände. Keine noch so fiese Grippe vermochte je, mich derart ans Haus zu fesseln. Vorher war es zwar nicht gerade leicht gewesen, aber machbar. Plündern will gelernt sein, aber ein Hexenwerk ist es nun auch nicht. Ich bin raus, hab geholt, was ich brauchte, bin wieder rein. Anfangs aus dem Supermarkt an der Ecke, hübsch nah, dann aus dem Supermarkt an der anderen Ecke, dann aus verwaisten Wohnungen in meinem und den Nachbarhäusern.

Aber vor 19 Tagen haben sie unser Treppenhaus gestürmt. Seitdem kann ich nicht mehr raus, denn sie belagern meine Tür. Sie müssen irgendwie gemerkt haben, dass hier Frischfleisch ist. Wie ein Dosenhering oder so.

Bald gehen meine Vorräte aus, und was ich dann tun soll ... Keine Ahnung. Ich hatte überlegt, über die Balkone nach unten zu klettern. Die Angst, dann nicht wieder hochzukommen, hat mich zu lange abgehalten und jetzt ist dieser Weg versperrt: Die Nachbarn hat es erwischt, ihr Balkon im dritten Stock ist nicht mehr sicher. Was den zweiten Stock angeht, fehlen mir die Informationen, denn die Penner reagieren schon seit Tagen nicht mehr auf meine Rufe.

Wenigstens mein Balkon ist noch frei von untoten Toten. Jeden Tag sitze ich jetzt hier, halte mein Gesicht in die Sonne und trinke. Erst Cocktails, bis mir der Saft ausging. Dann Rum-Cola, bis auch die Softdrinks alle waren. Rum-Fanta ist übrigens sehr ekelhaft. Jetzt gibt es Schnaps, Likör, Wein, alles pur.

Was halt noch da ist.

Erstaunlich viel ist noch da. Man könnte meinen, ich hätte ein Alkoholproblem, so ergiebig ist meine Hausbar ... Na ja, immerhin hat es den Vorteil, dass ich dem Ende einigermaßen gelassen entgegensehen kann.

Ich sitze in der Sonne.

Ich lasse mich volllaufen.

Ich stopfe alles Essbare in mich rein, das ich noch habe. Fast nur Schokolade. Aber hey: Ich mag Schokolade.

Bald muss ich entscheiden, ob und wie ich mich um die Ecke bringe. Verhungern soll ungeil sein. Vermutlich wird der Rum zur Tatwaffe. Don Papa, ein süffiges Geschmackserlebnis ungeahnter Süße!

Fast freue ich mich drauf!

Die Waldhütte

Ein Glück hab ich dieses Haus. Meine Blockhütte. Nich' so 'n Dreckding irgendwo am Dorfrand im Schwarzwald, sondern so richtig weit draußen, richtig im Wald. Sie hat 'ne zwei Kilometer lange Zufahrt von 'nem alten Holzwirtschaftsweg ab, der vor 'n paar Jahren notdürftig geteert wurde, und ansonsten gibt's da nix.

Bis auf meine Blockhütte.

Solide gebaut aus dicken Stämmen, mit ihrem Gastank, der dahinter vergraben ist, und dem Wassertank, der davor vergraben ist, und dem Notstromgenerator in der Hütte daneben und den massiven Benzinvorräten in der Hütte auf der anderen Seite. Bisschen feuergefährlich, find ich, aber mein Onkel, der die Hütte gebaut hat, war 'n büschn ... paranoid. Er wollt auf alles vorbereitet sein. Am liebsten hätt' er 'nen unterirdischen Bunker gehabt, aber meine Tante bestand auf 'ner sinnvollen Anschaffung und 'ne Hütte im Wald, neben der man Gemüse anbauen und vor der man Rosen pflanzen und in der man erholsame Wochenenden verbringen kann, das war ihr lieber.

Meine Hütte liegt so weit draußen, dass es mich ganze zwei Tage gekostet hat, von dem kleinen Bahnhof, den man als Letztes erreichen konnte, bevor auch alle Züge stoppten, hinzulaufen. Zwei Tage mit 'nem riesigen Rucksack voller Vorräte.

Insgesamt drei riesige Rucksäcke, denn Max und Conni sind auch mit.

Mittlerweile muss ich die Vorräte nur noch mit Conni teilen, denn Max is' leider diesen merkwürdigen Wesen zum

Opfer gefallen, die uns überhaupt erst gezwungen haben, aus der Stadt zu flüchten.

Na ja, Stadt ... Wir ham zusammen in so 'ner kleinen Pest-Wohnung in 'nem langweiligen Dorf gelebt. Mit dem Zug war's nich' weit in die nächste Stadt, wo wir arbeiten konnten, und die Miete war so billig, dass wir nich' übertrieben viel arbeiten mussten. Das mit der Arbeit is' auch nich' so einfach, wenn man ungelernt in irgendson'nem Pissdorf aufgewachsen ist und dann in die große Stadt will und da dann völlig versagt und kurz bevor man anschaffen gehen muss und völlig in der Gosse landet – na ja, sucht man sich halt irgend'nen Handlangerjob und zieht in das nächste Pissdorf.

Stadt funktioniert nich' so gut für arme Leute, aber das scheinen die armen Leute nich' zu wissen, deshalb gibt's so viele Obdachlose.

Conni und ich sind jetzt also allein. Allein in meiner Blockhütte.

Ihr fragt euch, wie man an 'ne Blockhütte im Schwarzwald kommt, wenn man doch eigentlich zu arm für alles is'?

Kann man sich doch denken: Ich hab geerbt.

Vom Onkel nich', der war 'n Arsch. Aber der hatte den Anstand, paar Jahre vor der Tante zu verrecken, und die war nicht nur kein Arsch, die war auch meine beste Freundin auf der ganzen Welt. Die war die Mutter, die meine beschissene Mutter nich' sein wollte. Meine Mam war wie mein Kack-Onkel, aber meine Tante, die war 'n Engel.

Und die hat mir die Hütte geschenkt.

Glück muss man haben.

Oft hab ich überlegt, sie zu verkaufen, damit ich meine Miete zahlen und in einer echten Wohnung bleiben kann, statt in die Blockhütte ziehen zu müssen. Aber niemand wollte sie haben, weil sie sogar den Hipster-Waldläufern und Pseudo-Wanderfreaks und Stadthippies zu weit draußen ist.

Komisch, oder? Die Leute fallen massenhaft über den Schwarzwald her, um den Wald zu genießen, und ihre Ruhe zu ham, aber da, wo man wirklich Ruhe hat, da woll'n sie dann auch wieder nich' hin.

Unser Glück, denn jetzt sitzen Conni und ich sicher in der Hütte und diese komischen Viecher sollten eigentlich mächtig weit weg sein. Bis auf das eine, das Max erwischt hat, aber gut, irgendwas is' ja immer, ne?

Wir haben das Vieh erledigt und Max gleich mit und beide auf 'ne weit entfernte Lichtung geschleppt, wo die Wildschweine sie vermutlich längst gefressen ham.

Das Einzige, was Conni und mir jetzt Angst macht, is' die Frage, ob Wildschweine vielleicht infiziert werden können von … was auch immer dafür gesorgt hat, dass die Toten wieder aufstehen und die Lebenden angreifen.

Wär 'n bisschen blöd. Gegen Wildschweine hilft nämlich nich' viel, die sind echt schnell und stark und zäh und wenn die was wollen, dann kriegen die das auch hin.

Is' aber noch egal, denn es is' ja noch nix passiert und unsre Vorräte sind auch noch genug und wir warten einfach mal ab, was kommt.

Hoffentlich nix Schlimmes.

Mit unsern drei Rucksäcken mit Vorräten, die für mehrere Monate konzipiert sind, was vermutlich nich' funktioniert, weil wir mit dieser Survival-Nummer eher unerfahren sind, die aber außerdem für drei Leute konzipiert sind, jetzt aber nur noch für zwei reichen müssen, sollten wir eigentlich 'ne Weile klarkommen. Die erste Woche lief schon mal ganz gut.

Aber alles endet irgendwann, auch unser Dosenfraß, also ham Conni und ich beschlossen, dass wir jetzt mal jagen gehen. Muss man womöglich auch erst lernen, und im Moment kommt's noch nich' so arg drauf an, ob wir das hinkriegen oder nich'.

Also steh ich jetzt hier. Irgendwo im Schwarzwald. Mit 'ner uralten Flinte in der Hand, die in der Hütte überm Kamin hing. Wir ham Kugeln dafür gefunden, deswegen gehen wir davon aus, dass die auch noch funktioniert. Wir ham keine Ahnung von Flinten, aber theoretisch muss man ja nur 'ne Kugel reintun und, na ja, den Abzug drücken, ne?

Ich steh also hier und warte, dass irgendwie 'n Reh vorbeikommt. Das tu ich jetzt seit drei Stunden. Kalt isses. Da steh ich nu also und sinniere vor mich hin und warte auf mein Reh. Ich geb mir selber noch 'ne halbe Stunde, wenn dann keins auftaucht, geh ich nach Hause. Hoffentlich find ich den Weg, aber ich hab so Hänsel-und-Gretel-mäßig kleine bunte Schnipselchen von alten Magazinen aus der Hütte verstreut. Vielleicht reicht das.

Ansonsten hab ich mich bemüht, einfach geradeaus zu gehen, gerade von dem Haus weg in die Gegenrichtung zu der, wo wir Max und seinen Mörder verscharrt ham und hoffe, dass das auch auf dem Rückweg klappt. Angeblich kann man ja gar nich' einfach so geradeaus laufen, wenn man keine Orientierungspunkte hat. Es gibt zwar viele Bäume hier, aber die sehn alle gleich aus. Ich glaub, 'n Orientierungspunkt muss anders sein.

Da: Bewegung im Gebüsch!

Reh?

Jetzt nich' mehr.

Jetzt wieder.

Jetzt nich' mehr.

Jetzt wieder – DAS IS' 'N REH!

Ich leg also die Flinte an, Kimme, Korn, gucken, dass ich das, von dem ich glaube, dass es 'n Reh is', irgendwie da rein krieg, sieht gut aus, abdrücken ... nix.

Verdammte Axt.

Das mit der Flinte is' wohl doch komplizierter, als nur Patrone rein und Bumm. Scheiße.

Gibt's da irgendwas wie 'ne Sicherung? In Filmen müssen sie immer 'ne Sicherung benutzen.

»Sichern Sie die Waffe, entsichern Sie die Waffe, haha, die Waffe ist gesichert, Sie können mich nicht erschießen, haha!«

So was.

Ich weiß aber nich', wie diese Sicherung aussehen könnt, und ich weiß auch nich', ob 'ne Flinte das hat und haben soll und will und, ach, Scheiße, verdammte!

Wie ich so die Flinte inspiziere und mich ärgere, kommt mir noch 'ne Idee. Das Ding is' schon ganz schön schwer ...

Ich schleich also zu dem Gebüsch, wo eben die Bewegung war, und hoff, dass das Tier noch da ist. Die Flinte nehm ich am Lauf. So heißt das doch oder? Das lange Ding, wo die Patrone rauskommt, wenn das mit dem Schießen funktioniert. Der Kolben ist aus Massivholz und sehr schwer. Vielleicht geht da ja was. Vielleicht kann ich ja das Reh nich' erschießen, aber zu Tode prügeln.

Ich geh in das Gebüsch, es raschelt, dann noch mehr Rascheln, da rennt was weg – es is' 'n Reh! Und es is' weg.

Ich lass die Flinte sinken und mach mich ziemlich genervt auf den Rückweg zur Hütte. Wenn wir nich' rausfinden, wie das mit dem Schießen klappt, können wir vielleicht 'ne Falle bauen, in die das Reh reinfällt und dann können wir's einfach rausholen und dann erschlagen. Irgendwie so. Gibt's doch auch in Filmen.

Als ich bei der Hütte ankomme, is' Conni verständlicherweise nich' so begeistert von meinem Misserfolg.

»Warum hat das jetzt nich' geklappt?«, fragt sie.

»Weil die Flinte nich' funktioniert«, sag ich.

»Wie, die Flinte funktioniert nich'?«, fragt sie.

»Na, die funktioniert halt nich'. Schießt nich'. Wenn 'ne Flinte nich' schießt, funktioniert sie nich', oder? Das is' doch ihr Sinn, die muss doch was schießen!«

»Ja, is' ja gut«, unterbricht mich Conni, zurecht, wie ich finde, denn ich bin ins Plappern geraten, was immer passiert, wenn ich mich irgendwie verteidigen will.

»Das natürlich blöd jetzt«, sagt Conni. »Was müssen wir denn machen, damit die funktioniert?«

»Weiß ich doch nich'«, sag ich. »Ich hab keine Ahnung von Flinten. Oder vom Schießen.«

Und Conni sagt: »Na ja, wenn du keine Ahnung vom Schießen hast, vielleicht haste ja was falsch gemacht. Was haste denn gemacht?«

Und ich sag: »Na, so hab ich gemacht!«, und heb die Flinte, »und so!«, und drück den Abzug und BUMM!

Die Flinte funktioniert ja doch.

Dummerweise hab ich den allerschlimmsten Fehler gemacht, den man machen kann, wenn man mit einer Waffe hantiert: Als ich sie gehoben hab, hab ich auf Conni gezielt. Das war dumm, besonders, wenn man bedenkt, dass die Flinte nun doch funktioniert.

Da sitzt sie jetzt, Conni, meine beste Freundin, auf dem Boden, und hat die Hand auf ihre Brust gedrückt und da quillt ganz schön, ganz schön, ganz schön viel Blut raus. Mächtig viel Blut für so 'ne kleine Person, wie die Conni eine is'.

Sie guckt mich mit Riesenaugen an, einigermaßen entsetzt, und ich sage: »Oh.« Und sie sagt gar nix, sondern fällt nach hinten um und ich schätze, jetzt reichen die Vorräte noch 'n bisschen länger und ich kann mal gucken, ob ich rausfinde, wie man eine Flinte reinigt.

KRONOS

18. August 1779

Seit ich dieses Teleskop bekommen habe, verbringe ich die Nachtstunden draußen in meinem Garten und lerne die Gestirne kennen, beobachte Staubwolken und Planeten, kartografiere die Krater des Mondes und habe auch schon bei Tag einen Blick auf die Sonne geworfen. Zahlreiche Besuche in der Bibliothek waren notwendig, doch mittlerweile glaube ich, über ein recht solides Grundwissen zu verfügen, weshalb ich mich nun, nach einigen Monaten des Studiums, in der Lage sehe, ein Tagebuch über meine Beobachtungen zu führen.

Bisher war ich in der Hauptsache nicht Entdecker, sondern vielmehr Schüler, dessen Rücken sich über Bücher der Astronomie und Physik, Atlanten des Himmels und verschiedenste Sternkarten krümmte, um auch alle Sichtungen richtig einordnen zu können. Jetzt ist es an der Zeit, einen Schritt nach vorne zu machen und mir größere Ziele zu setzen.

Der Entdecker harrt der Entdeckungen!

Dieses Tagebuch soll Zeuge meines Enthusiasmus werden und meinen Eifer für die Nachwelt bewahren. Zwar bin ich sicher, dass sich besagte »Nachwelt« in der Person meines kleinen Sohnes erschöpfen wird, doch gibt mir das keinen Grund zur Beschwerde.

Sohn, diese Aufzeichnungen widme ich dir, vollen Herzens und mit dem Stolz und dem Anspruch, dir damit Anleitung und Lust zu eigenen Forschungen zu hinterlassen. Der Nachthimmel ist faszinierend, seine schiere Unendlichkeit lässt all die Probleme des Lebens klein und unwichtig erscheinen. Alles wird zurechtgerückt, gleichsam geordnet. Man kann fast sagen: Die Beobachtung des Himmels ermöglicht die Beobachtung des eigenen Lebens. Auch du, mein Sohn, sollst davon profitieren, sollst deine eigenen Lehren aus der Unergründlichkeit des Kosmos ziehen. Ein paar kleine Wunder in einer profanen Welt, ein wenig träumerisches Philosophieren gegen den unerbittlichen Pragmatismus des Arbeitslebens.

Ja, auch mein Vergnügen muss weiterhin hinter dem Broterwerb zurückstehen, verlangt doch meine kleine Apotheke nahezu tägliche Anwesenheit. Die Stunden der Nachtruhe sind begrenzt, die Zeit der Sterne leider auch. Doch einen echten Forscher sollen solche Widrigkeiten nicht entmutigen.

19. August 1779

Um mich an das Führen des Tagebuchs zu gewöhnen, möchte ich versuchen, jeden Tag, an dem ich draußen bin, auch eine Notiz zu verfertigen.

Leider ist es mir nicht möglich, in jeder Nacht mein Teleskop in den Garten zu tragen, da ich allzu vielen Verpflichtungen unterworfen bin. Doch die wenigen Stunden, die mir vergönnt sind, will ich intensiv nutzen und akribisch dokumentieren. Hierzu habe ich ein Tabellenbuch angelegt, welches die schnöden Positionsmarkierungen und Formeln enthält, die der Beobachter sorgfältig aufzunehmen hat. Zudem verfertige ich mittlerweile auch selbst die eine oder andere Karte des Himmels, wie ich ihn mir erschließe. Dies Tagebuch ergänzt die trockenen Daten um die Ideen und Gefühle, die mich ereilen, und die, wenn auch nicht relevant für die Sterne, meine Beobachtungen ergänzen sollen.

Es ist vier Uhr am Morgen, alles schläft noch. Lediglich der Bäcker kam bereits an meinem Zaun vorbei und grüßte verwirrt, trifft er doch sonst zu seinem Arbeitsbeginn keine Menschenseele an. Nun wird er mich häufiger sehen, scheint mir doch, dass mir sehr frühes Aufstehen besser bekommt als das lange Wachen am Abend.

Es bleiben mir noch etwa zwei Stunden bis zum unvermeidlichen Sonnenaufgang, die ich nutzen will, den Himmel zu betrachten.

Aber vorher ein Wort zu diesem frühen Morgen. Es fasziniert mich ungemein, wie still die Welt wird, wenn die Sterne aufgehen und mit ihrem kalten Glanz den Nachthimmel schmücken. Kein Vogel singt, nur ein paar verliebte Grillen wollen das Zirpen nicht sein lassen. Ein leichter Wind bewegt die Blätter in den Bäumen.

Das sind die einzigen Geräusche in meinem Garten. Es ist so still, dass ich sogar den nahen Bach rauschen hören kann, eine Tatsache, die mich in den ersten Nächten hier draußen fast erschreckt hat, war ich doch nicht gewahr, dass das möglich ist.

Nun denn, genug der Romantik, genug der Vorfreude. Heute will ich die vier Jupitermonde betrachten, ehe ich die Apotheke öffnen und Salben und Pulver mischen muss.

Welch schnöde Tätigkeit gegen die unendliche Magie der Himmelsmechanik!

Nachtrag:

Bedauerlicherweise blieben mir nicht einmal die Stunden bis zum Sonnenaufgang: Wolken zogen auf, und nach nur einer Stunde intensiver Suche musste ich mich enttäuscht ins Haus zurückziehen. Die Jupitermonde müssen bis morgen warten.

20. August 1779

Es ist erstaunlich, welche Mysterien sich erschließen, wenn man geduldig gen Himmel blickt. Aber auch die geduldige Innenschau, die dabei nicht ausbleibt, bietet Erstaunliches.

Die Jupitermonde müssen bis morgen warten, schrieb ich gestern voller Enttäuschung (und auch, ich gebe es zu, mit einiger Verbitterung) in mein Tagebuch.

Welche Weisheit in diesem einfachen, hingeworfenen Satz liegt! Denn tun sie es etwa nicht? Natürlich tun sie es, natürlich kann ich auch heute jene kleinen Objekte suchen, die die Bewölkung gestern vor meinem mechanisch verstärkten Auge verbarg.

Und wenn ich sie auch heute nicht entdecken sollte, so werde ich morgen erneut Gelegenheit für den Versuch haben, oder am Tag danach, oder noch einen Tag später.

Wenn man diesen Gedanken weiter verfolgt, kommt

man rasch zu dem Schluss, dass die Jupitermonde, hier exemplarisch für alle planetaren Objekte, nahezu ewig da sein werden.

Solange wir atmen und schauen, solange unsere wunderbare Erde existiert, so lange können wir die Sterne erforschen, alte wie neue.

Ein erhebender Gedanke, der mich mit Freude erfüllt.

24. August 1779

Vor einigen Nächten erforschte ich die vier Monde des Jupiters. Tatsächlich konnte ich sie ohne störende Wolken fast ohne Probleme finden, nur Kallisto machte mir Schwierigkeiten, als wolle er sich vor meinem Teleskop verstecken. Doch geduldiges Ausharren und wiederholte Konsultation meines Himmelsatlas bescherten mir schließlich den ersehnten Erfolg.

Ah, widerspenstige Kallisto! Die Schönste, sie widersetzte sich mir, doch sie konnte nicht entkommen. Aber sie war nur Vorbotin einer viel größeren Freude, eines unglaublichen Erfolgs für den aufstrebenden Entdecker.

Mein Stift zittert bei der Niederschrift des Folgenden, denn womöglich ist mein Fund noch bedeutender, als ich bisher ahne. Bei meiner Suche bemerkte ich ein Objekt, das ich nicht identifizieren konnte. Es schien mir zu klein und sein Leuchten zu schwach für einen Stern, demnach bleiben drei Möglichkeiten: ein Planet, der Begleiter eines Planeten oder ein Komet.

Meine Aufregung kennt keine Grenzen: Sollte ich einen Kometen entdeckt haben? Oder gar einen weiteren Jupitermond?

In der Nacht meiner Entdeckung notierte ich mir lediglich die Position des Objekts, mit dem Plan, es in der Bibliothek ausfindig zu machen. Doch unglücklicherweise sollte sich für einige Tage und Nächte keine Gelegenheit für weitere Nachforschungen ergeben: Unser kleiner Sohn ist erkrankt, und meine Frau Patrizia bestand auf meiner Anwesenheit am Krankenbett, wann immer ich die Apotheke verlassen konnte. Das Kind ist erst zehn Monate alt und seine Erkrankung war die erste ernstere seines jungen Lebens. Eine leicht fiebrige Erkältung nur, mit allem einhergehenden Unwohlsein für Patient und Pfleger.

Meine Frau war außer sich vor Kummer, was mich erstaunte und berührte. Ich war schon immer verträumt und neige zur Melancholie, doch Patrizia ist eine pragmatische, zutiefst gelassene Person. So ergänzen wir uns gut, vermag sie es doch immer, meinen Verrücktheiten mit einer guten Erklärung Einhalt zu gebieten.

In den letzten Tagen war es an mir, ihrer Verrücktheit Zügel anzulegen, und ich tat mein Bestes, ihre Sorgen zu zerstreuen.

Es gelang, zumal sich der Gesundheitszustand des Kindes schnell besserte. Er ist wieder vergnügt und munter bei Tage, friedlich in der Nacht, und bis auf eine verstopfte Nase zeigt er keinerlei Symptome mehr.

So kann ich mich denn wieder in den Garten zurückziehen und gen Himmel blicken. Heute werde ich erneut das fremde Objekt suchen und seine Position überprüfen. Morgen dann werde ich mit meinen gesammelten Daten die Bücher konsultieren und den Namen des Objekts herausfinden.

25. August 1779

Mein Objekt war noch da, es ist kein Irrtum möglich. Mitten im Sternbild des Steinbocks, gut zu sehen. Und wieder ist meine Aufregung grenzenlos, denn ich bin sicher, dass es sich bewegt hat. An seiner ursprünglichen Position konnte ich es nicht ausmachen, also suchte ich in der Nähe, Quadrant für Quadrant, und verglich das sich ergebende Bild immer wieder sorgfältig mit der Karte. Erst dachte ich, ich hätte womöglich die Position falsch abgelesen oder eine Einstellung an meinem Teleskop falsch vorgenommen, oder welche Fehler auch immer einem Anfänger unterlaufen können.

Doch dann fand ich es wieder, mein Objekt, oder zumindest ein Objekt, welches ich nicht benennen konnte, ganz in der Nähe der ersten Sichtung.

Ich schließe die Apotheke heute früher und begebe mich in die Bibliothek. Zum Glück habe ich sorgfältig Buch geführt. Ich bin sicher, während meiner Betrachtung des Jupiter ist es an einer anderen Stelle gewesen.

29. August 1779

Kein Irrtum, auch keine Nachlässigkeit von mir, und auch kein Fehler eines unerfahrenen Anfängers sind schuld an der vermeintlichen Positionsverschiebung des unbekannten Objekts. Es bewegt sich tatsächlich!

Zum Glück ist unser Sohn wieder ganz genesen, auch die Nase ist frei und das Kind heiter, als hätte es keine Nacht im Fieber gelegen. Daher hilft mir meine Frau in der Apotheke. Sie will sich für meine Unterstützung erkenntlich zeigen und scheint sich ein wenig ihrer mütterlichen Hysterie zu schämen. Das muss sie freilich nicht, ist doch die Bindung einer Mutter an ihr Kind eine der stärksten, die der Herr uns Menschen zugesteht.

Dennoch muss ich zugeben: Ich nutze ihre Hilfsbereitschaft ohne Scham aus. Sonst könnte ich nicht so viel Zeit in meinem nächtlichen Garten verbringen, was mir gerade jetzt ein dringendes Bedürfnis ist.

Auch kann ich vor lauter Aufregung nicht gut schlafen, das Mysterium dieses Objekts fesselt mich. Nacht für Nacht suche und betrachte ich es. Was mag es nur sein? Ein Komet? Gar ein Planet? Sollte unser Sonnensystem etwa mehr als sechs Planeten beherbergen?

Welch Raunen durch die Stadt gehen würde, sollte ich, der langweilige Apotheker, der Entdecker eines neuen Planeten sein!

30. August 1779

Nachdem ich sie gestern so gelobt und mich in Dankbarkeit ergangen habe, will meine Frau nun ihre weitere Mithilfe in der Apotheke verweigern. Sie sagt, sie wolle wieder mehr Zeit mit unserem Kinde verbringen, ich solle von meinen Hirngespinsten abkommen und die Nacht wieder zum Schlafen nutzen, wie jeder andere auch. Aber wozu bezahle ich denn die teure Kinderfrau?

Mein Weib soll mir zur Seite stehen, nicht die vielleicht größte Entdeckung der modernen Zeit als Hirngespinst abtun! Offenbar habe ich weniger eine Pragmatikerin als vielmehr eine Ignorantin geheiratet.

Dennoch beobachte ich mein Objekt weiter. Ich habe herausgefunden, dass es auch um fünf Uhr am Morgen noch gut sichtbar ist. So kann ich es betrachten und seine Position aufnehmen, und dennoch selber die Apotheke betreuen. Das frühe Aufstehen stört mich nicht, schlafe ich doch sowieso nur noch wenig.

In den letzten Nächten suchten mich Träume heim, die ungewöhnlich düster und bedrückend waren. Oftmals weckten diese Träume mich auf und raubten mir vollends den Schlaf. Dieses Phänomen ist mit fremd, und ich überlege, auch die merkwürdigen Träume in meinem Journal zu verewigen.

Wenn ich wieder in der Nacht geweckt werden sollte, weil Dunkelheit und Angst über mich hereinbrechen, so will ich versuchen, dies akkurat zu notieren.

31. August 1779

Ich habe der Sternwarte der Stadt und dem astronomischen Institut der Universität Briefe geschickt und mein Objekt sowie seine Positionen beschrieben. Vermutlich können die Experten dieser Einrichtungen mir sagen, was genau ich entdeckt habe. Bis dahin widme ich mich der Beobachtung des Objekts und der fortgesetzten Erfassung seiner Wanderung am nächtlichen Himmel.

An Schlaf ist kaum noch zu denken, immerhin ist der Entdeckerruhm nah. Mein Planet, und ich bin immer überzeugter davon, einen neuen Planeten gefunden zu haben, wird einen Namen brauchen. Die Ehre der Namensgebung fällt gemeinhin dem Entdecker zu, in diesem Falle also mir.

Wenn ich schlafe, dann träume ich nach wie vor, und mir scheint, ich träumte von ihm. Er ist so schön, glatt und rund. In einem blassen Blau schimmernd nähert er sich mir, wird größer und größer über meinem Bett. Manchmal kommt er so nahe, dass ich seine Hitze fühlen kann, eine alles verschlingende Feuersbrunst, die in seinem Inneren tobt.

Die Träume sind nicht greifbar, nicht vollends nachzuerzählen. Zwar will ich sie gerne hier niederschreiben, aber ich fürchte, das wird mir nicht gelingen. Nur Dunkelheit und ein Gefühl von vager Bedrohung lassen sich benennen, dann sehe ich den Planeten in seiner blauen Herrlichkeit und fühle mich wohl, dann folgt die Hitze, dann erwache ich, mit klopfendem Herzen und Schweiß auf der Stirn.

Wenn die Träume mich wieder einmal geweckt haben, stehe ich auf und begebe mich in den Garten. Meine Frau ist mir böse, weil ich kaum noch eine Nacht durchschlafe.

Die Müdigkeit zeigt sich auch tags in der Apotheke, doch bisher habe ich mir keine gravierenden Fehler zuschulden kommen lassen.

02. September 1779

Meine Träume sind wahr, mein Planet kommt näher!

Ich bin sicher, dass meine Berechnungen stimmen. Er nähert sich mir, wie ich es in meinen Träumen vorausgesehen habe!

Ich muss ihn im Auge behalten, das ist sicher.

Meine Frau sagt, ich sei besessen, ich sollte mir helfen lassen. Aber wer kann denn noch helfen, wenn der Untergang bevorsteht?

Die Apotheke bleibt nun geschlossen, ich kann nicht am Tage arbeiten, wenn ich die ganze Nacht wache. Patrizia verweigert ihre Unterstützung. Sei's drum, ich habe Wichtigeres zu tun als mich über das verräterische Weib zu ärgern. Soll sie doch den Knaben verhätscheln und mit der Kinderfrau tratschen. Als bemerkte ich ihre belustigten Blicke nicht, wenn ich über meinen Notizen brüte. Närrische Frauenzimmer.

06. September 1779

Die Astronomen haben mir geantwortet. Ich habe in der Tat einen Planeten gefunden!

Endlich glaubt mir auch Patrizia, dass ich recht hatte. Gemeinsam suchen wir fieberhaft einen Namen. Ich weiß, dass der Planet Kronos heißen soll, wie der Titan der griechischen Mythologie, der aus Missgunst und Furcht seine eigenen Kinder verschlang. Seine Gemahlin Rhea spann mit dem einzig verschonten Sohn, Zeus selbst, eine Intrige, die den Titanen letztendlich zur Herausgabe der Nachkommen zwang.

Mein Planet muss Kronos heißen, weil er Kronos ist.

Aber ich muss vorsichtig sein. Patrizia scheint enthusiastisch, aber ihre Zweifel an meinem Geisteszustand sind unübersehbar. Immer wieder tut sie meine großen Ideen zu Kronos mit Scherzen ab, will mich »auf die Erde zurückholen«, wie sie es nennt. Und ich bemerke, wie sie mich nach wie vor misstrauisch beobachtet.

Meine Studien musste ich in die tiefste Nacht verlegen, wenn Patrizia schläft und ich mich unbemerkt hinaus schleichen kann. So stehe ich nun zitternd draußen, nur in Nachthemd und Morgenrock, denn ich kann nicht riskieren, dass sie erwacht, während ich mich ankleide. Aber ich muss Kronos im Auge behalten, sonst sind wir alle nicht mehr sicher.

In der Einsamkeit meiner Himmelsbeobachtung meditiere ich nicht mehr über die Schönheit der Sterne, ich sinne nunmehr nach einem Weg, die Welt von der Gefahr zu überzeugen, in der sie schwebt.

Er ist schon ganz nahe, bald kommt das Ende.

10. September 1779

Patrizia hat mich gezwungen, meinen Beobachtungsposten für ein paar Nächte zu verlassen. Ich glaube, sie hat mir ein Schlafmittel in den Wein gemischt.

Meine Träume nehmen an Intensität zu, wenn ich seltener draußen im Garten bin. Das vage Gefühl der Bedrohung und die undurchdringliche Dunkelheit sind apokalyptischen Visionen von Blut und Verderben gewichen. Ich sehe eine Welt, die ins Chaos gestürzt wird und den Titan, der seine Kinder frisst.

In der letzten Nacht war es besonders schlimm: Im Traum fand ich mich mit meiner Frau und unserem Sohn im Garten, Kronos stand hell am Himmel und tauchte die Szenerie in sein blaues, unwirkliches Licht.

Überhaupt, sein Leuchten! Als stammte es nicht von unserer Sonne, deren Gelb unser Leben befeuert, sondern aus den Tiefen einer eisigen Hölle. Es macht mich schaudern, daran zu denken.

Patrizia, das Kind im Arm, stand neben mir und plauderte über das alltägliche Geschehen im Dorf. Ich wollte ihr den Planeten zeigen und fragte sie, ob sie ihn nicht sehe. Sie stockte nicht einmal, plapperte einfach weiter vor sich hin, als sei der neue Hut der Nachbarin noch wichtig angesichts des drohenden Weltuntergangs.

Verzweifelt packte ich ihren Kopf und zwang ihren Blick gen Himmel, in Richtung meines Planeten, der riesig und bedrohlich über uns dräute und sich unaufhaltsam der Erde näherte. Meine Frau lächelte mich nur an und wollte mich küssen. Ich schüttelte sie ab und schrie sie an, gestikulierte wild, doch sie lächelte nur dümmlich, setzte sich ins Gras und nahm unseren Sohn auf den Schoß, um mit ihm zu spielen.

Ich spürte die Hitze des Planeten, wie sie immer weiter zunahm, und sein Nahen in meinem Rücken. Und als ich mich umwandte, geschah es: die Kollision unserer Erde mit dem neuen Planeten, dem Eindringling. Er war gekommen, sich uns einzuverleiben; wir waren seine hilflosen Opfer.

Gnädigerweise erwachte ich, bevor der Traum mich meinen eigenen Tod durchleben ließ, wie immer schweißgebadet und schreiend. Patrizia schläft schon seit zwei Nächten nicht mehr bei mir, sie hat sich wütend zu dem Kind zurückgezogen.

Ich muss Kronos weiter beobachten. Ich muss die Menschen warnen, und dafür muss ich meine Frau überlisten und erneut die Nächte wach verbringen. Heute soll ruhig sie Laudanum im Wein trinken.

13. September 1779

Nach unserem Schlafzimmer hat meine Frau nun auch unser Haus verlassen. Das Kind hat sie mitgenommen. Dummes Weib. Sie verzichtet auf den Ruhm, den ich als Entdecker von Kronos und Retter der Welt erfahren werde.

Als sie merkte, dass ich sie mit Laudanum betäubt hatte, warf sie mir vor, ich sei vollkommen verrückt geworden, wolle sie umbringen. Dabei war sie es doch gewesen, die mich zuerst eingeschläfert hatte!

Das leugnet sie aber vehement, die Ignorantin. Sie ist mit einem Apotheker verheiratet, natürlich bemerke ich es, wenn ich künstlich in Schlaf versetzt werde! Soll sie doch bei ihrer Mutter bleiben, der lächerlichen alten Vettel.

Die Astronomen wollen mir nicht glauben, dass Kronos näher kommt. Außerdem weigern sie sich, den Namen zu registrieren. »Kronos« entspräche nicht den Konventionen, und zudem gäbe es bereits Saturn, der ja die korrekte und den Konventionen folgende Entsprechung des griechischen »Kronos« sei. Als wüsste ich das nicht bereits. Wie ein dummes Kind haben sie mich abgekanzelt!

Was ist denn dabei, einen Planeten umzutaufen? Was spricht gegen zwei Titanen am Nachthimmel?

Dabei ist es doch mein Planet, der unsere Erde, der uns Kinder verschlingen wird. Er hat es mir gesagt.

Dann werde ich eben weiterhin einsam meine Wache halten. Tief in meinem Innern weiß ich, dass allein meine Beobachtung uns alle zu retten vermag. Solange ich Kronos sehe, kann er uns nicht zermalmen. Mystische Mechanismen halten ihn am Himmel, solange ich nur stets meinen Blick auf ihn richte.

Ich allein kann das Unglück fernhalten.

14. September 1779

Kronos. Der Titan. Jede Nacht verbringen wir jetzt gemeinsam. Mein Unglücksbringer, der Wiedergutmachung für die Sünde des Kindsmords leisten will, indem er das Goldene Zeitalter bringt – das Zeitalter ohne uns, ohne Erde.

Kronos, der alles verschlingt.

Er ist nun meine einzige Gesellschaft.

Jetzt sehe ich ihn auch ohne mein Teleskop. Ich sitze auf dem Dach meines leeren Hauses und schaue nach oben auf seine unfassbar glatte blaue Form. Eine perfekte Kugel.

Er ist nun immer da und er kommt unaufhörlich näher. Spüren kann ich ihn bereits, es wird wärmer.

Bald wird man ihn auch am Tag sehen können, da bin ich sicher. Und dann, spätestens dann, müssen sie mir glauben.

17. September
Er wird größer, größer ... Er ruft mich. Jeden Tag und jede Nacht verbringe ich nun auf dem Dach. Zu schlafen traue ich mich nicht, ich habe ein Mittel bei mir, das mich wachhalten wird. Nahrung wird bald zum Problem, aber sollte ich meinen Beobachtungsposten verlassen, nützt mir das Essen auch nichts mehr.

Viele Menschen haben sich in meinem Garten versammelt. Ich sehe Patrizia mit unserem Knaben auf dem Arm. Auch sie ruft mich, aber Kronos' Gelächter ist lauter. Ohrenbetäubend. Wie soll ich da verstehen, was sie sagt?

Sicherlich will sie Abbitte leisten, weil sie endlich verstanden hat, wie ernst die Lage ist. Narren, sie wollten mir nicht glauben, hielten mich für verrückt. Nun zittern sie vor Angst, zittern vor Kronos.

Am Abend wenden sich alle ab, vor Stunden haben sie den Versuch aufgegeben, die Tür aufzubrechen. Natürlich habe ich mein Haus gesichert, ehe ich meinen Posten bezogen und mich an den Kamin gebunden habe. Kronos hat das verlangt. Er hat es mir im Traum gesagt.

19. September
Nahrung wird bald zum Problem. Das hast du richtig erkannt, kleiner Schreiber dieses Tagebuches. Gut gemacht! Aber du hast keine Nahrung mehr. Nichts zu holen auf dem Dach dieses elenden Hauses.

An eine Rückkehr zu dem, was ehemals mein Leben war, ist nicht mehr zu denken. Ich muss bleiben, muss beobachten. Will ich essen, so lacht Kronos und bietet mir mein eigenes Fleisch dar. Will ich trinken, so verweist er auf meine Tränen. Noch widerstehe ich. Aber der Hunger nagt und die Müdigkeit zehrt an mir.

21. September
Habe meine eigenen Finger abgenagt. Es tat weh und satt machte es mich nicht. Das Blut verursachte mir Übelkeit.

Bald ist es vorbei, Kronos ist ganz nah.

Es gibt nur eine Möglichkeit, den Vater zu befriedigen.

Heute gehe ich ihm entgegen.

EMMI

Anmerkung der Autorin:

Manchmal bekommt man als Schriftstellerin Anregungen von außen, zum Beispiel durch eine besonders interessante Anthologie- oder Wettbewerbs-Ausschreibung oder im Zuge alkoholisierter Spinnereien mit den Kolleg*innen. Manchmal ist so eine Anregung von außen aber auch eine konkrete Anfrage.

Im Jahr 2017 fragte mich die Mainzer Gothic-Rock-Band *Love's Labour's Lost*, ob ich nicht vielleicht Lust hätte, zu ihrer jüngst erschienenen EP *In the Night ... In the Dark ...* einen Text zu schreiben. Düstere, gerne auch harte Musik und Horror – das passte schon immer gut zusammen, also hatte ich natürlich Lust.

Ein paar Monate und diverse herrlich konstruktive Diskussionen später, hatten wir mit *Emmi* eine Geschichte, die beiden Seiten gefiel. Leider gab es bisher noch keine Gelegenheit, dieses Projekt weiter voranzutreiben. Aber was nicht ist und so!

I

Sie steht am Fenster und blickt hinaus. Dann nimmt sie die Kerze, die dort immer brennt, wenn sie auf ihn wartet, und wendet sich damit ab. Ihr weißes Kleid mag ich am liebsten, das leuchtet sogar jetzt, nachdem die Sonne längst am Horizont verschwunden ist.

Wo ich stehe, ist es dunkel, aber sie ... sie strahlt.

Mutter hat den Kamin in ihrem Zimmer angefeuert, das weiß ich, denn ich habe ihr das kleine Anzündholz bringen müssen.

Jetzt brennt es hell und fröhlich und deshalb strahlt sie so, deshalb kann ich sie sehen, obwohl es dunkel ist und ich mich zwischen den Büschen im Garten verstecke. Deshalb und wegen der Kerze in ihrer Hand.

Manchmal stelle ich mir vor, dass sie meine Schwester wäre. Meine große Schwester, der ich die Haare kämmen darf und die mir Zöpfe flicht und mit der ich am Kamin sitzen und Märchen erzählen kann.

Meine Schwester, die geliebte große Schwester. Zusammen kann uns nichts geschehen.

Aber Emmi spricht nicht mit dem Gesinde. Nicht, weil sie glaubt, besser zu sein, so wie die Herrin, die uns nur Befehle gibt. Nicht, weil sie uns ablehnen würde. Nein, die junge Herrin, die schöne Emmi – sie spricht niemals.

Nur mit ihm.

Nachts.

Der fremde Herr, der sie jede Nacht besucht, ist ganz groß und dünn. Mir ist er unheimlich, ich mag nicht in der Nähe sein, wenn er kommt. Emmi aber bittet ihn zu sich, und dann reden die beiden, und dann reden sie nicht mehr und er tut Dinge mit ihr, die ich nicht sehen will. Die ich zum Glück auch nicht sehen kann, denn durch das Fenster erkenne ich nur Schemen. Sie bewegen sich aufeinander zu, umschlingen einander, sinken irgendwann zu Boden und sind dann weg.

Er ist wirklich sehr unheimlich, der fremde Herr, in seinem schwarzen Frack und mit seinem schwarzen Pferd, das immer zu verschwinden scheint, wenn er abgestiegen ist und zurückkehrt, wenn er Emmi verlässt. Dann reitet er fort, als wäre der Teufel hinter ihm her, aber man hört keinen Hufschlag.

Der fremde Herr macht mir Angst. Und was er mit ihr tut, macht mir ebenfalls Angst.

II – DAS VERSTECK

Das Haus ist alt. Ich glaube, es ist so alt wie die Welt selbst. Keiner kann sich daran erinnern, dass das Haus mal nicht da war – ich nicht, Mutter nicht, selbst Großmutter nicht und auch nicht der uralte Knecht, der neben dem Stall wohnt und immer, immer, immer hier ist. Immer schon hier war; so sagt er zumindest.

In dem alten Haus sind auch die Wände alt, und sie sind hohl. Das habe ich heute herausgefunden, als ich die Bilder in dem langen Gang vor Emmis Zimmer abgestaubt habe. Ich musste das schon häufig tun, aber dieses Mal war ich unachtsam.

In der Nacht war der fremde Herr wieder hier. Ich sah ihn kommen, denn ich war heimlich im Garten und blickte versteckt im Dunkel zu Emmis Fenster hinauf. Wie so oft träumte ich davon, neben ihr zu sitzen und Märchen zu erzählen, während ich ihr wundervolles, seidenglattes Haar kämme.

Dann musste ich ins Haus und irgendwann schlief ich ein, daher sah ich ihn nicht wieder gehen. Jetzt fürchte ich, er könnte gar nicht gegangen sein. Vielleicht ist er noch bei ihr und tut diese schlimmen Dinge.

Wegen dieser bösen Gedanken war ich unachtsam und stieß das Gemälde an, das die gruselige Frau zeigt, irgendeine Urahnin der Herrin des Hauses, eine lang verstorbene Dame der Familie. Das Bild ist unheimlich – mehr noch als die anderen Vorfahren scheint diese Frau verbittert und streng zu sein. Die Lippen zu einem dünnen Strich zusammengepresst, die grauen Augen klein und blitzend, die Wangen eingefallen und die Augenbrauen zu einem so dünnen Strich gezupft, dass man sie fast nicht sieht.

Sie sieht nicht einfach nur ernst aus, sie sieht böse aus. Ihre Augen scheinen mich zu verfolgen, wann immer ich den Gang entlang gehe. Sie blickt mir nicht nur nach, sie blickt geradewegs in mich hinein ...

Ich stieß es also an, das Bild der bösen Frau, und es rutschte ein wenig zur Seite. Kurz dachte ich, nun würde es von der Wand stürzen und womöglich zerbrechen, aber es schwang einfach nur in den Flur herein wie eine kleine Tür. Dahinter offenbarte sich ein Gang. Der Gang ist dunkel, schmal und sehr lang, außerdem recht niedrig. In einer seltenen Anwandlung von Mut kroch ich hinein. Mutter sagt immer, ich solle nicht so neugierig sein, aber manchmal kann ich mir nicht helfen.

Der kleine Gang verläuft zwischen zwei Wänden: der zu Emmis Stube und ihrem Schlafgemach auf der einen

Seite und der zum Musiksalon auf der anderen. Es gibt viele kleine Löcher in diesen Wänden, durch die man in die Räume spähen kann.

Der fremde Mann ist nicht mehr da. So ein Glück!

Emmis Schönheit ist aus der Nähe noch viel berückender. So grazil wie sie, so feingliedrig und leuchtend ist sonst niemand. Sie sitzt an ihrem kleinen Schreibtisch, der gegenüber dem Kamin steht, und schreibt und schreibt im Licht ihrer Kerze. Ab und zu erhebt sie sich, wandelt ein wenig durch das Zimmer, blickt aus dem Fenster und setzt sich dann wieder.

Habe ich erwähnt, dass ich sie ewig betrachten könnte? Jetzt kann ich das wirklich tun, tue es bereits; seit Stunden habe ich mich nicht gerührt, beobachte sie nur, wie sie schreibt, dann aufsteht und herumläuft, sich wieder setzt und weiter schreibt.

Im Gang ertönen bereits Rufe. Mutter sucht nach mir. Vermutlich, weil ich meine Aufgaben vernachlässige. Doch lange kann sie nicht rufen, hat sie doch ihre eigenen Aufgaben und Herumschreien in den Gemächern der Herrschaften gehört sicher nicht dazu. Ein bisschen bin ich schadenfroh, immerhin muss ich häufiger Mutters Aufgaben erledigen, als dass sie mir bei meinen hilft.

Ich weiß, dass sie sich irgendwann sorgen wird. Doch ich kann nicht gehen. Nicht jetzt schon, nicht, wo ich endlich meiner geliebten Schwester so nah sein darf.

III – DER FREMDE

Es gab Schelte von Mutter und nun darf ich mein Zimmer nicht mehr verlassen, nur für die Arbeit. Doch dann lag ich in meinem Bett und konnte nicht einschlafen, weil ich die ganze Zeit an sie denken musste, meine Emmi. Ich habe ein solch übermächtiges Verlangen, ihr nah zu sein, dass ich es kaum aushalte, wenn wir getrennt sind. Liebe ist eine erstaunliche Kraft, sie zwingt uns Menschen in die Knie und macht uns zu Narren.

Ich konnte nicht widerstehen, ich musste wieder zu ihr. Also habe ich mich hinausgeschlichen, als Mutter schlief, und bin erneut in den Gang zwischen den Wänden geschlüpft.

Aber jetzt ist es nicht mehr so schön wie heute Nachmittag. Emmi schreibt nicht mehr und sie ist auch nicht allein. Der fremde Herr ist bei ihr. Zum ersten Mal kann ich ihn genau sehen und er ist schrecklich. Seine viel zu weiße Haut spannt sich über seine Glieder, als sei er ein dünn verhülltes Skelett. Seine dunklen Augen sind so leer wie der Schacht eines vertrockneten Brunnens. Sein Haar ist wie der schwarze Samt, der auf einen Sarg gebreitet wird. Alles an ihm schreit »Tod«, schreit »Verderben«.

Warum nur lässt Emmi ihn immer wieder ein?

Die beiden streiten, argumentieren in einem Flüstern, das ich kaum verstehe. »Mein Mond«, nennt sie ihn und fleht ihn an, ihr nicht zu zürnen. Jetzt fällt sie gar vor ihm auf die Knie, umfasst mit ihren zarten Armen seine kantigen Hüften und vergräbt ihr wunderbares Antlitz in seinem Schoß.

Er legt den Kopf in den Nacken, resigniert, blickt zur Decke und will sich dann abwenden. Doch sie umklammert ihn fester und zwingt ihn so, in der Position zu verharren, und mit derselben Bewegung, mit der er sich über das widerlich tote Gesicht streicht, legt er schließlich die Hand auf ihr Haar. Seine Finger sind wie Spinnenbeine.

»Nein, nicht, rührt sie nicht an!«, will ich rufen, aber ich traue mich nicht. Etwas an dem Fremden lähmt mich, jagt mir eine Angst in die Glieder, die allen Lebensmut auslöscht und mir den Willen nimmt.

Emmi hebt nun den Kopf, blickt zu ihm auf und er auf sie nieder. Tränen laufen über ihre Wangen, ich kann sie im Licht der Kerze aufblitzen sehen. Er zieht sie hoch und umfängt sie mit seinen dürren Armen, dann küssen sie sich. Erst ist der Kuss zart und süß, wie sie es verdient. Ein Kuss der Liebe. Aber rasch wird er obszön, verdorben und ekelhaft. Als ich gar die Zungen des Paares erblicke, muss ich mich abwenden.

Die Geräusche, die von nun an zu mir dringen, sind nicht mehr die eines Streits, sondern die einer Schlacht, eines Kampfes bis aufs Blut. Ich höre Schmatzen wie von Schweinen, die über ihr Mahl herfallen und ein Klatschen wie die Schläge mit der flachen Hand, die Mutter mir manchmal versetzt. Dazwischen mengen sich Stöhnen und Knurren, als kämpften wilde Tiere um ein besonders schönes Stück Fleisch.

Schließlich genügt es nicht mehr, die Augen so fest wie möglich zusammenzukneifen und die Hände auf die Ohren zu pressen, dass sich mein Kopf wie in einem Schraubstock anfühlt. Nein, am Ende muss ich aus meinem Versteck und in mein Zimmer fliehen. Aber die Geräusche verfolgen mich, die Bilder tanzen in meinem Kopf. Ich weine bitterlich.

IV – DER PLAN

Die vergangene Nacht wurde mir lang. Schlaf ersehnte ich mir. Schlaf, der mich vergessen ließe, wessen ich Zeugin geworden war. Schlaf, der meine Tränen trocknen und die Bilder fortwischen würde, die in mir brannten. Die Bilder und die grausigen Laute aus dem Zimmer meiner geliebten Emmi.

Doch ich blieb wach.

Am Ende hielt ich es nicht mehr aus und schlich mich zum dritten Mal in mein Versteck. Durch das Loch zu Emmis Schlafgemach erkannte ich im schwachen Schein des fast heruntergebrannten Kaminfeuers und Emmis ewiger Kerze zwei Gestalten, die auf dem Bett ruhten. Er war noch bei ihr. Er war nicht fortgeritten.

Auf Zehenspitzen schlich ich ins Zimmer und trat an das breite Bett mit den massiven Balken und den leichten, hellen Vorhängen, hinter denen Emmi sich an ihren trüben Tagen so gern versteckt. An den Tagen, zu denen sie ihr Zimmer nicht verlässt, nicht isst und nicht einmal aus dem Fenster sehen will.

Ich blickte auf sie hinab. Zwei Leiber, zwei Menschen, eng umschlungen.

Nein: ein Mensch und ein Teufel.

Nein: ein *Engel* und ein Teufel.

Weiß, unschuldig und wunderschön, meine geliebte Schwester. Sanft streichelte ich mit den Fingerspitzen über die samtene Haut ihrer Schulter, strich einige Haare aus ihrer Stirn.

Ihr Gesicht war noch immer feucht, ob von Tränen oder Schweiß konnte ich nicht erkennen. Nackt war sie und in ihrer Nacktheit noch blendender als in ihrem allerschönsten Kleid.

Der Fremde wirkte selbst im Schlaf bedrohlich. Seine Hässlichkeit beleidigte mich, so garstig kam er mir vor. Auch ihn wollte ich berühren, schreckte aber im letzten Augenblick zurück: Kälte strahlte von ihm ab wie von einem Eisblock. Angewidert drehte ich mich weg.

Mein Entschluss stand in jenem Moment fest: Dieser finstere, finstere Fremde, er musste weg. Nie wieder durfte er meine liebste Emmi zum Weinen bringen oder sie mit seinen Spinnenhänden beschmutzen.

Den Tag über war ich trotz meiner großen Müdigkeit ganz besonders fleißig, bis Mutter mir wieder gut war und ich einen Teil meiner Freiheiten zurückerlangte. Sie ist doch im Grunde weich und kann mir nicht lange böse sein. Jetzt werde ich meinen Plan in die Tat umsetzen, und zwar am See hinten im Wald. Es ist ein großer See, in dem ich nicht schwimmen darf, weil er so gefährlich ist. Er soll zum Treffpunkt Emmis mit dem Fremden werden, schon in der kommenden Nacht.

Als Erstes schrieb ich einen Brief, in Emmis feiner, kleiner Handschrift, die ich mir schon lange angeeignet habe, weil sie so hübsch und edel ist. Emmi schreibt Gedichte, wundervolle Zeilen voller Poesie und tiefer Wahrheiten.

Wann immer ich die Gelegenheit habe, nehme ich eines der Blätter von ihrem Schreibtisch und lese, was sie geschrieben hat. Viel ist das nie. Nicht, was sie schreibt, das sind hunderte, tausende von Seiten. Nein, wenig ist das, was ich zu lesen bekomme, ehe ich das Papier niederlegen und so tun muss, als würde ich das Tintenfass abstauben oder die hölzerne Tischplatte polieren. Was gäbe ich darum, eines ihrer Gedichte im Ganzen lesen zu dürfen! Noch schöner wäre es, sie läse sie mir vor ...

Der Brief wird gleich auf dem Sims von Emmis Stubenfenster liegen, dem Fenster, an das sie immer ihre Kerze stellt. Dem Fenster, durch das der Fremde eindringt. Dort wird er ihn finden. Aus dem Fläschchen mit Mutters Schlaftropfen, das ich mir geborgt habe, habe ich Emmi bereits etwas in den Abendtee geschüttet.

Nun schläft sie, meine Schwester, züchtig und allein. Wenn sie morgen erwacht, wird sie frei sein. Endlich frei!

V – DAS VERDERBEN

O Schicksal, warum strafst du mich so? Waren meine Träume zu vermessen? War mein Streben dir Beleidigung? So glaube mir doch: Ich kenne den Platz, den du mir zugeteilt hast, ich kenne ihn nur allzu gut. Aber wie hätte ich denn meine Liebe, so wenig sie meinem Stand entspricht, verleugnen sollen?

Mein Plan ist gelungen. Emmi ist frei, denn der fremde Herr ist tot.

Natürlich fand er meinen Brief, als er gestern Abend kam, um sein schändliches Werk an meiner Emmi zu verrichten. Er schien erfreut ob der Aussicht, seine Liebste im Wald zu treffen, und ritt unverzüglich zum See. Ich folgte ihm, so schnell das zu Fuß möglich ist, und sah gerade noch, wie er verzweifelt darum kämpfte, dem Moor zu entrinnen, das den See nahezu unsichtbar umgibt.

Das Moor reißt jeden in die Tiefe, der so unvorsichtig ist, sich der grünlich schillernden Wasserfläche zu nähern, um zu trinken oder einen Fisch zu fangen oder sich an einem heißen Sommertag zu erfrischen. Deshalb hat Mutter mir auch verboten, hierher zu kommen.

In seinem Todeskampf hätte der Fremde mich fast nicht bemerkt, doch dann, als nur noch sein Kopf aus dem Morast schaute und sein rechter Arm lang und dünn über ihm aufragte, da fiel sein Blick auf mich und hielt mich fest. Ich stand am Waldrand, in sicherer Entfernung vom tödlichen Moor, und lächelte ihm zu. Übermütig winkte ich. Seine flehenden Gesten wurden zu solchen des Zorns und blieben es, bis das schlammige Wasser endgültig über seinem Scheitel zusammenschlug.

Ein paar Minuten beobachtete ich noch die Blasen, die an der Stelle, an der er versunken war, träge zerplatzten. Anschließend kehrte ich zum Haus zurück, um es Emmi gleichzutun und ein wenig zu schlafen.

Bis zu jenem Moment, als ich in den frühen Morgenstunden meinen geheimen Gang betrat, war ich ausgesprochen zufrieden mit mir und meinem Plan. Der Fremde war fort und würde niemals zurückkehren. Doch schon, als ich das Licht durch all die Öffnungen in den Wänden fallen sah, wusste ich, dass etwas geschehen sein musste.

Und richtig, es war etwas geschehen. Emmis Schlafzimmer war voller Menschen. Die Herrschaften waren da, meine Mutter, der Diener und auch der Arzt aus dem nahen Dorf. Der alte Doktor stand neben Emmis Bett und hielt ihre Hand. Nachdenklich blickte er in die Ferne, als überlegte er, wie ein besonders schweres Rätsel zu lösen sei. Alle Umstehenden schienen den Atem anzuhalten. Schließlich legte er Emmis Hand sanft auf ihren Bauch und schüttelte den Kopf. Der Diener nahm seine Mütze ab, Emmis Vater seinen Hut. Die Herrin schluchzte laut auf und fiel ihrem Mann in die Arme, der sie überrascht auffing, sich dann aber ebenso an sie zu klammern schien wie sie an ihn.

Es war klar, was dort drinnen vorging: Emmi, meine geliebte Schwester, mein Engel, war gestorben. Und es gab nur einen Grund dafür: mein Plan, mein elender Plan, ihr die Freiheit zu schenken. Die Schlaftropfen.

Wie betäubt sank ich gegen die Rückwand meines Verstecks. Die Tränen ließen sich nicht aufhalten, wie kleine Flüsse rannen sie aus meinen Augen und über mein Kinn und den Hals in meinen Kragen. Den Verlust eines geliebten Menschen kannte ich nicht, umso überraschter war ich von der Intensität dieses Schmerzes. Mit einem Mal war jegliche Freude dahin. Schwärze bemächtigte sich meiner.

Als ich wieder zu mir kam, fand ich in meiner Tasche das Fläschen mit den schicksalhaften Tropfen. Ohne nachzudenken, öffnete ich es und trank die Flüssigkeit, die meine Emmi das Leben gekostet hatte. Ich wollte ihr folgen, wollte einschlafen und dann wieder bei ihr sein, dieses Mal endlich richtig.

Wieder kam ich zu mir. Wann, weiß ich nicht. Zum Schmerz gesellte sich die Enttäuschung. Mein Ausweg war mir versperrt, mein Tod war nicht eingetreten, es musste zu wenig von dem Schlafmittel gewesen sein, das ich getrunken hatte.

Emmis Schlafzimmer war nun nahezu leer, es war Nacht geworden und vermutlich schliefen alle. Allein ihr Leichnam lag gewaschen und hergerichtet auf dem Bett und erwartete den Tag des Begräbnisses. Neben ihr brannte die unselige Kerze und rief und lockte einen Fremden, der nie wieder kommen würde. Ich betrachtete sie durch die Öffnung in der Wand und weinte.

Mein Engel. Meine Schwester.

Wie mein elendes Leben nun weitergehen sollte, wusste ich nicht. Sollte ich so tun, als wäre nichts geschehen? Oder sollte ich erneut versuchen, zu Emmi zu gelangen, vielleicht mit einem Messer? Mich schauderte allein bei dem Gedanken, mein Leben mit einer Klinge zu beenden. Zwar schämte ich mich dieser Schwäche, aber dagegen anzugehen vermochte ich auch nicht.

Mit einem Mal bemerkte ich am Fenster eine Bewegung. Ich schielte zur Seite, konnte aber nur wenig erkennen. Geräusche erklangen, ein Schaben. Entsetzt stellte ich fest, dass das Fenster geöffnet wurde. Von außen geöffnet, wie schon so viele Male.

Erneut taumelte ich, denn plötzlich stand er im Zimmer, der finstere, finstere Fremde, der böse Mann, der meine Emmi so grausam gequält hatte. Groß und dünn und blass stand er da. Kein Stäublein verdreckte seinen feinen Anzug, kein bisschen Schlamm oder Morast klebte an seinen Schuhen. Nicht ein Tropfen Wasser funkelte in seinem Haar. Es war, als hätte er das Moor nie betreten, geschweige denn, dass er darin ertrunken wäre.

Mit langsamen Schritten ging er zum Bett und legte Emmi eine Hand auf die Stirn. Bedächtig senkte er den Kopf. Dann drehte er sich um und mir stockte der Atem. Mit seinen schwarzen Augen, seinen dunklen Schlünden von Augen, blickte er genau in meine Richtung, genau zu dem Loch, durch das ich gerade spähte. Ich unterdrückte meinen Entsetzensschrei und wich zurück. Da kam er zwei Schritte näher. Er kam zwei Schritte näher an meine Wand heran und lächelte und winkte, genau wie ich es getan hatte, als er im Moor versunken war.

Jetzt steht er immer noch da und lächelt und winkt und ich bin gelähmt. Gelähmt vor Angst und Entsetzen und noch mehr Angst, denn ich weiß, er sieht mich, und wenn ich aus meinem Versteck krieche, dann kommt er mir nach und holt mich und nimmt mich gefangen, wie er meine wundervolle Emmi gefangen genommen hat.

Und ich weiß, die Familie sieht ihn nicht, wie sie ihn nie gesehen haben, denn in Wahrheit kam er nicht des Nachts und verschwand bei Tage. In Wahrheit war er immer hier, wie Emmis unselige Kerze, die niemals niederbrennt und nicht verlöschen will. Immer stand er neben Emmi, meiner Emmi, war immer bei ihr, so wie er jetzt immer bei mir sein wird.

So ich denn jemals mein Versteck verlasse.

TRIP

Dieser Sonntag war jetzt schon Mist.

Er war mit einem kapitalen Kater aufgewacht, nachdem er viel zu betrunken in seinen Straßenklamotten auf dem Bett zusammengebrochen war. Kopf- und Magenschmerzen trieben ihn ins Badezimmer. Er wusch sein Gesicht, schluckte zwei Aspirin und entleerte seinen Darm, dann schleppte er sich in die Küche, um mit einem heißen Kaffee die Geister der vergangenen Nacht zu vertreiben. Da sah er es zum ersten Mal bewusst.

Es starrte ihn an, aus der hochglänzenden, spiegelnden Oberfläche der Mikrowelle: ein Auge. Ein menschliches Auge. Keine bestimmte Farbe, eher dunkel als hell, lange Wimpern, keine Augenbrauen, schwarze Pupille, die winzig wirkte, wie das Loch einer Nadel. Ein ganz normales Auge, aber ohne ein Gesicht, ohne auch nur die Andeutung eines Gesichts.

Er presste seine eigenen Lider zusammen, schüttelte den Kopf, sah erneut hin, sah es wieder und beschloss, es lieber zu ignorieren und seinen Kaffee aufzusetzen. Während der paar Handgriffe fühlte er sich beobachtet.

Nachdem der Kaffee seine erhoffte Wirkung entfaltet hatte und er unter der Dusche stand, kam langsam die Erinnerung an die Nacht zurück. Zu viel Alkohol, zu viele dumme Gespräche am Tresen der schäbigen Bar, viel zu viele Zigaretten. Ein Spaziergang nach Hause, in der Hoffnung, zumindest ein wenig nüchterner ins Bett zu kommen.

Vergebliche Hoffnung, er war, einmal in der Wohnung, einfach umgefallen. Zumindest im Schlafzimmer, in seinem eigenen Bett. Das war ein Fortschritt – in anderen Nächten war er auch schon im Treppenhaus kollabiert, oder im Flur, den Rücken gegen die Wohnungstür gelehnt.

Letzte Nacht war es also das Bett gewesen, und jetzt erinnerte er sich auch daran, dass er dieses seltsame Auge schon da gesehen hatte, im Spiegel an der Schranktür. Er hatte auf der Seite gelegen und vor der gnädigen Ohnmacht einen letzten Blick in den Spiegel geworfen. Da war es gewesen, in der Schwärze unter seinem Bett.

Erschrocken war er nochmals aufgefahren, das fiel ihm jetzt ein, als das Prasseln der Duschbrause in seinen Ohren rauschte. »Einbrecher!«, hatte sein umnebeltes Hirn noch zustande gebracht. Dann war er aufgesprungen, hatte den Baseballschläger gegriffen, der immer neben dem Bett lag, und sich auf den Boden geworfen.

Eine sinnlose Aktion, wäre da wirklich jemand gewesen, aber Alkohol stellt nun mal seltsame Dinge mit der Vernunft an. Noch sinnloser kam ihm die Aktion vor, als er unter dem Bett natürlich nichts fand – Staubflusen, benutzte Taschentücher, ein noch verpacktes Kondom, das vor Urzeiten mal runtergefallen sein musste, im Eifer des Gefechts vermutlich. Aber kein Einbrecher.

Danach wusste er nichts mehr. Offensichtlich war er wieder auf die Matratze gekrochen und endgültig eingeschlafen.

Er trocknete sich ab, zog sich frische Sachen an und ging erneut in die Küche. Die Mikrowelle wirkte ganz harmlos. Ein schwarzer Kasten auf der Anrichte, neben der Spüle, weil das der einzige Platz mit einer freien Steckdose war. Glänzend, spiegelnd. Vorsichtig ging er näher heran. Kein Auge. Nichts.

Er tat es als Halluzination ab. Zu viel Alkohol eben, zu viele Drogen auch, zu wenig Schlaf, schon seit Wochen ging das so. Sein Job pisste ihn an. Seit Ines gegangen war, gab es in seinem Leben keine Frau mehr. Auch Freunde hatte er kaum noch, denn die hatten sich lieber an die Ex gehalten. Und seine Wohnung war ein Altbau-Müllhaufen ohne Flair oder auch nur einen Hauch von Gemütlichkeit.

Er hatte das Gefühl, ständig in Alarmbereitschaft zu sein. Klar nahm er da jedes Mittelchen, das ein paar Stunden Vergessen versprach. Klar schob er da Hallus!

Derart beruhigt legte er sich mit einem abgepackten Sandwich auf die Couch und wollte sich von den Kopfschmerzen und dem irritierten Magen ablenken. Zappen half immer, je dümmer das Programm, je geistloser die Talkshow, je blödsinniger das Verbrauchermagazin, desto besser. Vielleicht döste er ja sogar noch mal weg, ein wenig echter Schlaf, um nach dem Aufwachen besser klarzukommen.

Aber der Fernseher war gegen ihn – das kleine Röhrengerät wollte nicht anspringen, der Bildschirm blieb schwarz, und auf dem Bildschirm ... Er erschrak. Wieder starrte ihn das Auge an. Es blinzelte nicht, sondern starrte nur.

Seine Flucht ins Schlafzimmer, um zu den Klängen irgendeines uninteressanten Podcasts Ruhe zu finden, half auch nur bedingt. Er lag auf dem Rücken in seinem Bett und sah an die Decke, ohne etwas wahrzunehmen, da fiel ihm der Riss in der Ecke auf, der ihn seit seinem Einzug störte, den er aber immer noch nicht verspachtelt hatte. Blitzte da etwas? Etwas Feuchtes, Rundes? Etwas wie ein menschliches Auge?

»Nein!«, rief er aus, sein Tonfall verzweifelter, als er das wollte. Er zog sich die Decke über den Kopf, versteckte sich vor der Welt, seinem Schlafzimmer, dem Riss, dem Auge. Als könnte eine Decke Schutz bieten vor dem, von dem er bereits ahnte, dass es ihn heimgesucht hatte, ihn endlich erwischt hatte: der Wahnsinn.

Seit jenem verdammten Sonntag sah er es überall. Jede schwarze Fläche, sei sie auch noch so winzig, versteckte das Auge. Die Risse in den Ecken seiner Zimmerdecken. Die Spalten zwischen den Schubladen seiner Kommode. Das Display des Radioweckers. Die Falten in der Bettdecke, im Kissen, in seinem Handtuch. Der Computermonitor im Büro. Der Beifahrer-Fußraum in seinem Auto. Die abgeschaltete Ampel. Die Glasfläche des schwarzen Aschenbechers auf seinem Tisch in der Kneipe. Der dunkle Jägermeister in seinem Glas.

Nach drei Tagen beschloss er, das Auge und den Wahn, der es produzierte, schlicht nicht ernst zu nehmen. Halluzinationen. Nur Halluzinationen. Nichts Ernstes, bestimmt nicht.

Dennoch beschloss er, die Finger vom Alkohol zu lassen – zumindest vorübergehend – und sich auch die härteren Drogen eine Weile zu verkneifen.

Nach einer Woche Abstinenz fühlte er sich wacher und klarer und empfand wieder so etwas wie Hoffnung, ein Gefühl, das ihm seit Ines' Flucht aus ihrer Beziehung fremd geworden war. Aber das Auge sah er immer noch. Und er fühlte sich auch nach wie vor pausenlos beobachtet. Er hatte permanent dieses unangenehme Kribbeln im Nacken, wenn man genau weiß, da schaut jemand, ganz egal, ob es nun so ist oder nicht.

Er versuchte, all das zu verdrängen. Verdrängung beherrschte er meisterhaft, offensichtlich auch ohne die Unterstützung von Freund Jägermeister.

War es vielleicht gar nicht der Alkohol gewesen? Oder hatte er in seinem monatelangen Selbstzerstörungstrip etwas in seinem Hirn irreparabel in Scherben gelegt, Synapsen gekappt, die sich niemals wieder verbinden würden? Hatte er sich in so kurzer Zeit um den Verstand gesoffen?

Ein Gedanke, den er bisher nicht hatte zulassen wollen, drängte sich nach und nach in den Vordergrund. Ein Gedanke, der so angsteinflößend war, dass selbst Wahnsinn und Hirnschäden durch Drogenmissbrauch dagegen fast akzeptabel erschienen, fast wie etwas, mit dem er schon würde umgehen können: Was, wenn es ein Tumor war?

Er saß in der Mittagspause in der Büroküche und glotzte stumpf auf die schwarze Tür des Kühlschranks. Das Auge glotzte zurück, allerdings nicht stumpf, sondern eher ... triumphierend?

Ein Hirntumor. Krebs. Vielleicht auch kein Krebs, vielleicht irgendetwas Gutartiges, das auf Areale in seinem Schädel drückte, die ihm nun Bilder von Augen eingaben, die ihn verfolgten und beobachteten. Über ihn urteilten.

Als er seinen Teller vorspülte, wie es die ständig keifende Chefsekretärin verlangte, starrte es ihn aus der Armatur an. Als er das Geschirr in die Spülmaschine räumte, glitzerte es höhnisch auf dem schmutzigen Besteck in dem kleinen Korb. Auf dem Weg zurück in sein Büro entdeckte er es in einem Loch in der Fußleiste. Er rief seinen Hausarzt an und ließ sich einen Termin für die kommende Woche geben.

Der Termin kam, er wurde zum MRT geschickt, die Ergebnisse waren negativ. Sein Gehirn war in Ordnung. Seine Leber war wundersamerweise ebenfalls in Ordnung. Auch seine Augen waren in Ordnung.

Nächster Halt: Klapsmühle.

Aber den würde er auslassen. Jetzt, da er wusste, dass körperlich alles in bester Ordnung war, kehrte er zu seinem ersten Entschluss zurück: Er würde dieser seltsamen Halluzination einfach die Scheiße aus dem Leib ignorieren. Verdrängung. Durch die Beruhigung der intakten Leber auch gerne wieder unter Zuhilfenahme größerer Mengen Alkohols.

Also ging er aus. Feiern.

»Stress!«, sagte er sich, als er durch das große Tor des ehemaligen Schrottplatzes schritt, auf dem heute irgendeine irre Theateraufführung mit anschließender Party stattfinden sollte. »Stress! Das wird's gewesen sein.«

Die irritierten Blicke der Besucher vor und hinter ihm in der Kassenschlange bedeuteten ihm, dass er laut gesprochen haben musste.

»Jetzt murmle ich schon vor mich hin wie so ein Irrer«, dachte er und kicherte ein wenig. Weitere Blicke, Augenbrauen hoben sich. »Okay, reiß dich zusammen, du Freak ...« Hoffentlich hatte er das jetzt wirklich nur gedacht ... Er hatte das heimische Vorglühen wohl ein bisschen übertrieben.

Drinnen schlenderte er zwischen Schrottfiguren und Holzkunstwerken herum, ließ sich von verkleideten Schauspielern erschrecken, die aus dunklen Ecken und Torbögen platzten und die Insassen einer Psychiatrie mimten, lachte über die Possen, die einige von ihnen auf den Kränen und Baggern trieben, die überall verteilt standen, und beschloss schließlich, sich mit Bier und einem Trip in einer dunklen Ecke zu vergnügen.

Das Auge war überall, hing vor ihm wie ein redseliger Bekannter, der so dringend seine viel zu wirre, viel zu lange Geschichte erzählen will, dass er rückwärts vor einem herläuft und einen die ganze Zeit vollquatscht. Das Bild gefiel ihm. Das würde er fortan für dieses elende Auge benutzen. Red es klein, mach es lächerlich, dann hat es keine Macht mehr.

»Ha!«, sagte er laut. Weitere Blicke, echte Blicke von echten Menschen. Egal, nüchtern war hier doch sowieso niemand mehr.

Die Droge würde eine Weile brauchen, bis sie ihre Wirkung entfaltete, aber das war ihm nur recht: Dann wäre das seltsame Theaterstück ohne Handlung und mit entschieden zu viel Publikumsnähe zu Ende und er könnte die Atmosphäre des Kunsthofes inmitten der tanzenden Menge genießen, ohne Angst haben zu müssen, dass ein unbeholfener »Schockeffekt« ihn in einen Paranoia-Strudel riss.

Nach zwei Stunden wurde die Musik lauter, die Tanzenden zahlreicher und seine Sicht verschwommen, um kurz darauf nur umso klarer die Konturen dessen zu enthüllen, was er betrachtete. Wohlgefühl breitete sich in ihm aus, eine Entspannung, die so grundlegend war, dass er sich kurz fragte, wie er auf die dumme Idee hatte kommen können, ausgerechnet Abstinenz könnte ihm dabei helfen, seine Mitte zu finden. Den Stressfaktor, der sein Leben war, auszuschalten.

Breit grinsend schlenderte er über den Hof und bewunderte auf seinem Weg zur Bar die Statuen, die überall verteilt standen und in der einsetzenden Dunkelheit nach und nach bunt beleuchtet wurden. Überall blitzten und blinkten Lichterketten und Fackeln, Stroboskope malten bizarre Formen auf die Tanzfläche und als sich an einem Kran eine Discokugel über die Menge erhob, johlte er, sein Bier in die Luft gestreckt, mit den übrigen Gästen.

Er war eins mit diesen Menschen, mit der Welt, mit sich, und er liebte alles und jeden. Als ihm eine mehr als attraktive junge Frau in mehr als knapper Kleidung lachend eine Pille hinstreckte, nahm er sie mit der Zunge von ihrer Fingerspitze und ließ sich gar zu einem keuschen Kuss hinreißen. Immer noch lachend – freundlich, liebevoll, nicht höhnisch – tanzte die Frau von ihm weg und verschwand in der Menge. Auch er tanzte jetzt, wild, ekstatisch und frei.

Wie viel Zeit in seinem Rausch verging, konnte er nicht mehr sagen, aber als die Nacht vollständig über den Platz hereingebrochen war, fand er sich vor einer uralten, rostigen Diesel-Zapfsäule wieder. Neben der Säule stand auf einem Sockel eine hölzerne Frauenfigur, fast zwei Meter hoch, komplett nackt, die lasziven Kurven sorgsam ausgearbeitet, das Gesicht nur angedeutet.

Sie hielt einen Zapfhahn in der schlanken Hand, aus dem Wasser in die Mitte einer brennenden Feuerschale floss – oder vielleicht doch Diesel? Hielt die Frau das Feuer am Leben, nährte es mit dem Benzin aus einer nur scheinbar nicht mehr funktionierenden Pumpe? Es war ihm egal, er dachte nicht lange darüber nach, zu sehr faszinierte ihn die Schönheit der Nackten.

Wieder vergaß er Zeit und Raum, war ganz Emotion, ganz Körper und Gefühl. Die Maserung des Holzes im flackernden Licht der Flammen verlieh der Frau den Anschein von Leben. Muskelstränge, die sich regten und sie in ihrem delikaten Stand ausbalancierten. Er ahmte ihre Pose nach, um zu spüren, welche Muskeln für die Haltung nötig waren, welche er anspannen musste, welche ganz locker bleiben durften. Dann glich er seine Empfindungen mit den Bewegungen ab, die er auf der blanken Oberfläche ihres Körpers zu erkennen meinte.

Ihr Gesicht blieb flach, unbestimmt. Doch da – was war das? Blinzelte das leere Gesicht ihn an? Öffneten sich die Augen der Frau?

Nur ein Auge öffnete sich, das Auge, sein Beobachter der letzten Wochen. Ein menschliches Auge mit langen Wimpern, von unbestimmter Farbe, eher dunkel als hell. Das Auge, das er in seinem Rausch hatte verdrängen können. Das Auge, das ihn verfolgte. Jetzt hatte es ein Gesicht, allerdings saß es mittig darauf, nahm die ganze Fläche ein, die sonst ein zweites Auge, eine schmale Nase, ein üppiger Mund besetzen sollten. Er erschrak, aber wie seine Überlegungen zur Wasser- oder-Diesel-Pumpe war auch dieses Erschrecken nur von kurzer Dauer. Dann lachte er. Lachte über sich und seinen

Kummer. Lachte über seinen beschissenen Job und die Trennung von Ines. Lachte über seine Angst vor einem Hirntumor, den es nicht gab, und Leberschäden, die noch in weiter Zukunft lagen. Lachte über die Irrationalität des Kosmos.

Er lachte über das Auge.

Bis er nicht mehr lachte – bis sich das Auge verärgert verzog, zusammenkniff, einen neuen Sitz auf dem Körper der betörenden Holzfrau suchte, ihn an ihrer Hüfte fand und sich die Statue quälend langsam in Bewegung setzte.

War das ein Trick, eine weitere Konstruktion des Künstlerkollektivs, das diesen Schrottplatz besetzt und mit ausgemusterten Kränen, Traktoren, Blechdinosauriern, Holzstatuen, kaputten Reisebussen, beweglichen Dioramen und immer wieder mit Tänzern und Schauspielern bevölkert hatte? Eine Maschine, wie hier so viele standen, um die Besucher in Erstaunen zu versetzen und sie zu unterhalten?

Nein, schloss er, als das Auge wütend blinzelte, zum ersten Mal seit Beginn seiner Heimsuchung Regungen zeigte und die Frau, die doch nur aus einem Stück Haselnussholz bestand, auf ihn hetzte.

Die Feuerschale wackelte und fiel zu Boden, Wassertropfen zischten, die Flammen, ehemals gespeist von einer versteckten Gasleitung, erloschen. Plötzlich umgab ihn Dunkelheit, das Singen und Johlen der tanzenden Menge wurde leiser und leiser, als rückte es immer weiter in den Hintergrund.

Er wich zurück, aber die hölzerne Frau stieg unaufhaltsam von ihrem Sockel und schritt auf ihn zu, die Zapfpistole drohend erhoben, das Auge an ihrer Hüfte hektisch blinzelnd.

»Niemals Drogen von Fremden annehmen«, schoss es ihm durch den Kopf. »Du Idiot! Niemals Drogen von Fremden annehmen, egal, wie heiß die Fremden sind!« Und: »Selbst Schuld. Horrortrip.«

Das letzte Wort half. Horrortrip. Paranoia. Das war nicht neu, nicht, wenn er Drogen genommen hatte. Dagegen konnte er angehen, wenn er jetzt einfach rational blieb.

»Das hier kann gar nicht passieren. Das hier kann gar nicht passieren«, sagte er laut.

Er wiederholte es, sein Mantra gegen die Panik, die ihn zu überwältigen drohte. Doch dann wurde ihm klar, dass etwas ganz anderes ihn tatsächlich überwältigen würde: Die seltsam gedämpften Geräusche um ihn herum, das ausgelassene Feiern der anderen Gäste, die gerade nicht in einem Horrortrip steckten, sondern frei und unbeschwert tanzten und lachten, es hatte sich verändert. Mehr noch, es war nahezu verebbt; auch die Musik, eben noch ein dumpfes, allgegenwärtiges Dröhnen, war verstummt. Eine unheimliche Stille hatte sich über den Platz gelegt.

»Das hier kann gar nicht passieren«, flüsterte er.

Beim Anblick der hölzernen Frau kroch eiskaltes Entsetzen seine Wirbelsäule hinauf. Sie stand ein paar Meter vor ihm und hatte ihre langen, schlanken Arme gehoben, hielt sie dem Himmel entgegen, als wollte sie alle Götter beschwören. Oder als wollte sie sich selbst der Welt schenken. Das Auge an ihrer Hüfte war konzentriert geschlossen.

Hinter ihm ertönte ein Kratzen, ein Schlurfen wie von tausend Füßen. Langsam wandte er sich um. Es waren die Feiernden, natürlich. Eine Masse aus Menschen, Männer wie Frauen leicht bekleidet und bunt geschminkt, ein

Stamm von Ravern, zusammengekommen, um der Musik zu huldigen.

Jetzt jedoch waren ihre Gesichter ernst. Regelrecht feindselig glotzten sie ihn an, nicht durch die zwei Augen eines Menschen, eines Gesichts, sondern jeder von ihnen mit dem Auge, dem einen, das ihn so lange verfolgt hatte. Dem Auge, das doch eigentlich an der Hüfte der hölzernen Nackten prangte. Er warf einen Blick über die Schulter. Das Auge war noch da, schmiegte sich neben die glatte Scham, dieses delikate Dreieck der hölzernen Schenkel. Es war nach wie vor geschlossen.

Wieder der Blick nach vorne, auf die unheimliche Menge, die schweigend, schweigend, näher rückte.

»Das hier kann gar nicht passieren«, stieß er erneut hervor. Was für ein beschissener Trip war das denn? Was hatte die Tussi ihm da gegeben?

Plötzlich stand sie wieder vor ihm, die Frau von vorhin, der er den Trip aus der Hand gefressen hatte. Sie lächelte nicht mehr, versuchte auch nicht mehr, ihn zu küssen. Er erkannte sie an ihrem Outfit, der Frisur – langes Haar, dunkel, mit vereinzelten, locker geflochtenen Zöpfen und Bändern darin, ein knapper Bikini aus Wildleder, der die Rundung ihrer Brüste kaum bedeckte, ein knöchellanger Rock mit langem Schlitz, sodass ihre hübschen Beine immer wieder aufblitzten, die blasse Haut so auffällig in diesem heißen, sonnigen Sommer, hässliche Plateauschuhe, die das Bild des Blumenkindes brachen.

Ihr Gesicht dagegen war unmöglich wiederzuerkennen, jetzt, da das unheimliche Auge es fast völlig eingenommen hatte.

Sie hielt ihm die Hand hin, aber diesmal prangte keine kleine Pille auf ihrer Fingerspitze. Diesmal hielt sie ein Messer. Die Klinge funkelte im schwachen Licht der Lichterketten, ab und an brach sich ein Glitzern darin, von der Discokugel, die sich nach wie vor über der verwaisten Freiluft-Tanzfläche drehte.

Der Schmerz kam erst einen Moment später. Auf seiner Brust entdeckte er den Schnitt, das Hemd sauber aufgetrennt, darunter eine schmale Linie von Brustwarze zu Brustwarze. Die Linie verbreiterte sich, färbte sich dunkler, als das Blut zu fließen begann. Dann eine schnelle Bewegung etwas tiefer, wieder Schmerz, die Haut an seinem Bauch klaffte auf. Neues Blut.

Immer mehr Gäste drängten sich um ihn und versetzten ihm mit ihren Messern Hiebe. Schnell floss sein Blut in Strömen und verzweifelt versuchte er, die Menge abzuwehren. Er schlug um sich, traf Nasen und Wangen und immer wieder Messerklingen, die ihm die Hände aufschnitten, die Arme, jeden Teil seines Körpers, den sie erreichen konnten.

Nach einem Schnitt auf seiner Stirn, der sein linkes Auge nur knapp verfehlte, riss er die Arme vor das Gesicht und taumelte nach hinten, weg von der auf ihn eindringenden Menge, aber er stieß schon nach zwei Schritten gegen etwas Festes, Hartes. Die hölzerne Frau. Das Auge an ihrer Hüfte.

Er spürte die unwahrscheinlich langen Wimpern an seinem Rücken, als das Auge blinzelte. Obwohl die ehemals Feiernden immer noch auf ihn einstachen und ihn schnitten, und obwohl der Schmerz kaum noch auszuhalten war und er bereits den Schwindel des Blutverlusts spürte, war dieses Gefühl für ihn so viel schlimmer – das Zwinkern des Auges an seinem Rücken, diese fast sanfte Berührung an seiner Haut.

Wie zur Hölle konnte eine Wahnvorstellung ihn berühren? Was für ein beschissener Trip war das?

»Das hier kann gar nicht passieren!«, rief er verzweifelt. »Hört auf! Hört doch auf! Ihr seid doch alle nicht echt, das ist doch nicht echt.«

Er wollte von der Statue abrücken, wollte die Berührung des ekelhaften Auges beenden, aber die hölzerne Frau legte ihre Arme um ihn und hielt ihn fest. Eine Mutter, die ihr Kind zurückhält, ehe es auf die Straße rennen kann. Ein Freund, der den Betrunkenen von der Prügelei fernhält. Sie umschlang ihn mit ihren Armen, drückte ihn an ihren harten Körper, und bot ihn gleichzeitig der Menge dar, die einer nach dem anderen zu ihm traten und ihn schnitten.

Zu seinen Füßen hatte sich der lehmige Boden längst in eine klebrige, glitschige Matschpfütze verwandelt, ein Schlammbad aus seinem Blut und Dreck.

Ein Schnitt am Oberschenkel. Die Jeans in Fetzen, eine klaffende Öffnung im Muskel.

Einer an der Wade. Wie zur Hölle ...?

Einer am linken Arm. Der Bizeps nicht mehr zu gebrauchen.

Einer am Hals, weniger tief als die übrigen – das wäre ja auch zu gnädig gewesen.

Einer, der nun doch das Auge traf. Er spürte, wie es heiß und dickflüssig über seine Wange lief.

Einer, der ihn einen Finger kostete, was er zu seinem Erstaunen zwar nicht sehen, wohl aber sehr genau spüren konnte.

Inmitten dieser Agonie so dezidierte Wahrnehmungen? Auch das musste an den Drogen liegen.

»Das hier kann gar nicht passieren«, flüsterte er nochmals, blutiger Schaum platzte von seinen Lippen. »Das hier kann gar nicht passieren ...«

Dann wurde es endlich, endlich dunkel um ihn.

Der lange Weg nach Hause

Für Mama.

I

Man hat mich eingesperrt; das ist nicht gut.

Das ist gefährlich.

Es war der Abend vor Weihnachten. Ein Montag, an dem ich arbeiten musste. Ziemlich normal, ziemlich anstrengend – es schien, jeder wollte den 23. 12. bestmöglich nutzen, das Telefon hatte kaum stillgestanden.

Aber nun hatte ich Feierabend, wohlverdient nach diesem hektischen letzten Quartal. Freitag würde ich wieder antreten müssen, war mir allerdings sicher, dass es dann ruhiger würde. Und jetzt lagen erst einmal drei wunderbare freie Tage vor mir.

Ich ging durch den Park nach Hause, wie jeden Tag, und wie jeden Tag machte mir die früh einsetzende Dunkelheit nichts aus. Der Park ist an sich sehr belebt: Jogger, Spaziergänger, Leute, die ihre Hunde ausführen. Am späten Nachmittag ist es hier nicht unheimlicher als in der eigenen Wohnung.

An der Kreuzung in Richtung Stadt entschied ich mich an jenem schicksalhaften Tag für den oberen Pfad, der an den Tennisplätzen entlangführt. Dieser Weg ist dunkler als der untere, am »Hundepark«, der großen Wiese jenseits des Gestrüpps, aber das kümmerte mich nicht. Mir war nach Natur und die erschien mir auf dem oberen Weg immer schon ursprünglicher und echter.

Von Weitem sah ich eine merkwürdige Gestalt, groß gewachsen und dunkler als die Umgebung, bewegungslos, daneben eine kleinere in strahlendem Weiß. Vermutlich stand da ein Hundebesitzer, dessen Tier gerade sein Geschäft erledigte.

Noch ganz unter dem Eindruck des anstrengenden Arbeitstags starrte ich die beiden unverhohlen an, ohne sie wirklich zu sehen oder über sie nachzudenken. Als ich mich dem Paar näherte, erkannte ich nach und nach mehr Details.

Es war in der Tat ein Mann mit seinem Hund. Er wandte mir den Rücken zu, sodass ich nur schwarz sah: Er trug einen schwarzen Hut, einen schwarzen Schal, einen langen schwarzen Mantel über schwarzen Hosen und dazu schwere schwarze Stiefel.

Der Hund dagegen hatte weißes Fell, so hell, dass es in der Dunkelheit zu glühen schien. Leuchtend saß er vor seinem Herrn und blickte zu ihm hoch, in der langmütigen Verehrung, die diese Tiere für ihre Menschen zu empfinden scheinen.

Er wirkte, als warte er auf ein Kommando, das ihm erlaubte, loszulaufen und die Umgebung zu erkunden, die spannenden Gerüche des Parks einzuatmen, vielleicht ein Kaninchen zu jagen. Mein Blick streifte über den Boden vor und neben mir, auf der Suche nach den verräterischen weißen Flecken der Kaninchenschwänze im Dunkel. Doch trotz des winterlich kahlen Gebüschs konnte ich auf der Wiese keine erkennen. Vermutlich hatten sie längst die Anwesenheit des großen Hundes bemerkt und hielten sich nicht auf offenem Gelände auf.

Merkwürdigerweise sah ich auch keine Enten auf dem nahen See, die normalerweise in noch viel größerer Zahl den Park beleben und überall – auf den Wegen, im Gebüsch, auf den Wiesen und vor allem in den Seen und Tümpeln – Hof halten, ihre netten kleinen Leben leben und vor sich hin gründeln.

Das merkwürdige Paar stand immer noch bewegungslos am Weg. Der Hund hypnotisierte weiterhin sein Herrchen. Er hatte eindeutig nicht vor, ein Geschäft zu erledigen, sondern saß nur stockstelf da und wartete.

Warum ließ der Mann den armen Kerl nicht endlich laufen und stöbern? Was sollte denn das für ein Spaziergang sein?

Vielleicht telefonierte er. Zwar hatte er die Hände tief in den Taschen seines Mantels vergraben, aber er könnte ja eines dieser Headsets tragen, die nahezu unsichtbar im Ohr klemmen.

Plötzlich lief mir ein Schauer über den Rücken. Erstaunt sah ich mich um. Nichts und niemand hinter mir, es war also kein Geräusch gewesen, das mich erschreckt hatte.

Dabei fiel mir auf, dass neben den Tieren auch die Menschen fehlten, die sonst im Park unterwegs sind. Ich war nicht der Einzige, der heute hatte arbeiten müssen, und um sechs Uhr gingen normalerweise zahlreiche andere Passanten durch die Grünanlage nach Hause. Dazu kamen, wie gesagt, die Jogger und die Hundebesitzer. Aber jetzt war hier niemand außer dem Mann mit seinem riesigen Köter.

Sie waren noch etwa 50 Meter entfernt von mir und standen nach wie vor bewegungslos. Weitere Schauer überliefen mich, und ich konnte die Furcht nicht mehr abschütteln.

Ich fand mich dumm – es war der Abend vor Weihnachten, vermutlich hatten mehr Leute frei, als ich geahnt hatte, und die, die arbeiten mussten, hatten vielleicht früher Schluss gemacht. Oder sie hatten sich beeilt, nach Hause zu kommen, um letzte Vorbereitungen zu treffen. Man kann beim Joggen mal eine Runde aussetzen, zumal im Winter sowieso nur wenige Sportler draußen sind. Und die Hundebesitzer waren vermutlich allesamt auf dem unteren Weg.

Ich kicherte leise, und auch jetzt lässt mich die Erinnerung bitter auflachen. »Der schwarze Mann«. Ja, genau. So kann man sich selber Angst einjagen.

Als ich etwa 30 Meter von dem Paar entfernt war, fiel mir auf, dass der Mann ganz schön groß war, bestimmt zwei Meter. Und seine Hände steckten eben nicht in seinen Taschen, sondern hingen an der Seite herab. Sie waren im Dunkeln nahezu unsichtbar, weil er schwarze Handschuhe trug.

Ich beschloss, eine Lücke im Gebüsch zu nutzen und auf der Wiese auf der anderen Seite weiterzugehen, vorbei an dem merkwürdigen Paar, das da so unsinnig still in der Gegend herumstand. Vielleicht war das ja ein Dealer, der auf Kundschaft wartete. Ich wollte auf keinen Fall angesprochen werden.

Die von mir anvisierte Lücke im Busch befand sich etwa 15 Meter vor den beiden, ich musste also näher an sie heran, als mir lieb war. Noch 20 Meter, nur ein paar Schritte, bis ich endlich wegkonnte, runter von dem nunmehr allzu gruseligen Weg.

Der Mann hatte sich umgedreht. Er und sein Hund blickten mich an. Mitten im Lauf erstarrte ich, es traf mich wie ein Schlag in den Magen.

Der Typ war nicht nur völlig in Schwarz gekleidet, er war ganz und gar schwarz. Sein Gesicht war schwarz, dunkler als die Umgebung, dunkler als der Wollstoff seines Mantels, dunkler als die Schatten zwischen den Bäumen, die hinter ihm standen. Es waren keine Gesichtszüge auszumachen, nur konturlose Erhebungen, kein Aufblitzen von Zähnen oder Leuchten von Augen. Der Mann hatte ein schwarzes Gesicht, das gar kein Gesicht war, nur eine … Platte. Vollkommenes, alles verschlingendes Nichts.

Die Furcht griff wie mit Klauen in meinen Brustkorb und quetschte mein Herz zusammen, Eiseskälte überrollte mich und schickte Wellen wie Elektrizität meine Wirbelsäule hinab. Meine Beine verweigerten den Dienst.

Schwer atmend und ansonsten wie gelähmt konnte ich nur stehen und starren. Der Hund hatte sich erhoben und schaute ebenfalls zu mir hin, jedoch nicht in irgendeiner Art von Angriffshaltung, mit entblößten Zähnen oder gesträubtem Fell. Er stand einfach neben seinem Herrn und sah gelassen zu mir rüber.

Nach einer Ewigkeit streckte der Mann – streckte das Ding – langsam seinen enorm langen Arm aus und zeigte auf mich, stumm. Ich riss meine Augen auf, bis sie fast aus ihren Höhlen quollen. Tränen strömten über meine Wangen und ich hatte die Kontrolle über meine Blase verloren, die sich in einem warmen Strom mein Bein entlang entleerte.

Obwohl ich mich mit allem, was mir an Kraft noch geblieben war, wehrte, hob sich mein linker Fuß. Ich schüttelte den Kopf, wollte flehen und betteln, brachte aber keinen Laut heraus. Der Fuß senkte sich vor den anderen. Dann hob sich mein rechter Fuß.

Ich spannte meine Muskeln an, so fest ich konnte, wollte mein widerspenstiges Bein auf den Boden zurückzwingen, konnte aber rein gar nichts tun. So tappte ich Schritt für Schritt näher an das Wesen heran.

Der Hund grinste. Ich schrie.

Ich brüllte, bis ich keine Luft mehr bekam und meine Kehle rau wurde und schmerzte, bis meine Lunge leer war und mein Kiefer fast aus dem Gelenk sprang, aber es kam kein Geräusch. Ich war wie in einem Vakuum, Stille in mir und um mich herum.

Die Dunkelheit nahm zu und dann sah ich nichts mehr als die Leere in dem Gesicht des Dings und den scharfen Kontrast, in dem sich sein Gefährte mit dem leuchtenden Fell von ihm abhob.

Ich verlor offenbar das Bewusstsein, während das schwarze Ding mich zu sich zerrte, denn irgendwann kam ich wieder zu mir. Wo auch immer.

Ich weiß nicht einmal, ob ich überhaupt weg war, aber angeblich hat man mich Neujahr im Park gefunden. Ein Spaziergänger hatte mich entdeckt, verdreckt, ausgetrocknet, völlig orientierungslos und stumm.

Im Krankenhaus wurde ich von meinen eigenen Exkrementen gereinigt und auf Verletzungen untersucht, die man nicht fand. Körperlich gelte ich als unversehrt, aber da ich weder sprechen noch hören kann – und wohl auch aufgrund meines Zustands an jenem Neujahrsmorgen – hat man mich sehr schnell als psychisch auffällig in eine Klinik abgeschoben.

Die Tatsache, dass ich mich schriftlich verständigen kann, hilft mir leider nicht – ich hätte wohl meinen Bericht etwas glaubhafter gestalten sollen.

Zurückhaltender.

Da ich ohne Verwandte und eher zurückgezogen lebe, hat mich außer meinem Chef niemand vermisst und im Büro kennt man mich noch nicht lange genug, sodass sich keiner der Kollegen genötigt sah, unterstützend einzugreifen.

Ich bin hier allein.

Das ist aber gar nicht das Schlimmste.

Das Schlimmste ist, dass die beiden noch hier bei mir sind.

Nachts sehe ich den Mann mit seinem Hund. Sie haben mein Gehör und meine Stimme gestohlen und kommen jetzt, um mich zu verhöhnen. Sie wollen mich hinaus in den Garten locken, denn sie brauchen mich.

Bisher konnte ich mich erfolgreich vor ihnen schützen: Ich gehe schlicht nicht raus, nie.

Zum Glück weist das Fenster nicht zum Garten, sondern nach vorne zur Straße. Der Garten ist zu gefährlich, da lauert der Mann mit seiner räudigen Töle im Dunkel der Blätter und wartet auf mich.

Manchmal trägt er ein Buch unter dem Arm.

Das Buch ist viel furchterregender als der Hund. Es ist hungrig.

Ich hege die Vermutung, dass sie mich genau deshalb brauchen.

II

Die Dunkelheit wollte nicht weichen. Das wollte sie nie.

Die Frau lag in ihrem Bett. Der Wecker quäkte seinen ohrenzerfetzenden Ton, aber sie hatte nicht die Kraft, ihn abzustellen. Schließlich rollte sie sich stöhnend auf die Seite und schlug auf das Gerät.

Stille.

Sie blieb auf der Seite liegen, die Hand auf dem Wecker, und starrte die Leuchtziffern an. Früh war es. Zu früh. Immer zu früh, denn sie lebte bevorzugt in der Nacht, in den Lichtern der Straßenlaternen und Autoscheinwerfer und verlassenen Schaufenstern geschlossener Geschäfte. Den Neonschildern der Kneipen. Doch das war einem geregelten Broterwerb nicht zuträglich, also musste sie sich Tag für Tag aus dem Bett kämpfen.

Sie tat es fluchend und hoffte, den Schmerz in ihrem Körper und ihre Müdigkeit mithilfe der Unflätigkeiten besser ertragen zu können. Es funktionierte nicht. Ihre Beine fühlten sich an wie in Blei gegossen, ihr Rücken brannte. Schwindel ließ sie zurück auf die Matratze sinken.

Als sie sich endlich aufraffen konnte, zog sie die schweren Vorhänge vor den Schlafzimmerfenstern zurück und öffnete die Balkontür.

Draußen war es kalt. Autos schoben sich dicht an dicht die Hauptstraße entlang. Sie lehnte sich gegen die gekippte Glasscheibe und atmete den Gestank der Stadt ein. Normales Leben. Alltag.

Nichts vermochte das nagende Gefühl, dass irgendetwas nicht stimmte, abzumildern. Die Dunkelheit zu vertreiben, die nicht wich, egal, wie viele Vorhänge sie öffnete, egal, wie viel Lärm und Kälte und Licht sie in ihre Wohnung einlud. Egal, wie viele Stunden sie sich mit wohlmeinenden Menschen umgab.

Es war ihre Dunkelheit. Sie war in ihr, und sie war ewig.

Die morgendlichen Verrichtungen waren mühselig; duschen, Kaffee kochen, das letzte Stück Brot hinunterwürgen, ehe es Schimmel ansetzen konnte, Kleidung für den Tag überstreifen.

Mit der Kaffeetasse am Küchentisch, das Radio dudelte im Hintergrund fröhliche Musik, bemühte sie sich um ein wenig Ablenkung, ein wenig Blödsinn in ihrem Kopf, um die Dunkelheit zumindest etwas zurückzudrängen.

Sie war nicht über Nacht in ein Ungetüm verwandelt worden. Sie war auch nicht in eine frühere oder zukünftige Zeit versetzt, in eine andere Dimension geschleudert, von Außerirdischen entführt oder von einem Yeti besucht worden. Das war zwar langweilig, aber gleichzeitig zutiefst beruhigend.

Sie nippte an dem Kaffee und stellte sich vor, er sei zu heiß, würde sie verbrennen; nein: Würde sie verätzen ... Es brannte, brannte wie Feuer. Schreien und um Hilfe rufen, war unmöglich, denn ihre Zunge war weg, einfach weg. Ein blutiges Loch in ihrem Gesicht, mehr war ihr Mund nicht mehr. Und es fraß sich weiter, tiefer, immer tiefer in ihren Körper. Brennender Schmerz breitete sich in ihrem Magen aus, in ihrem Darm.

Sie fiel kraftlos zu Boden, das Linoleum unter ihr wurde rau von der Säure, die ihren Körper wieder verließ, stinkende Rauchschwaden stiegen empor und verursachten ihr Übelkeit. Ihr Kopf sank zu Boden und sie ergab sich der Agonie, ließ den durchlöcherten Körper einfach auslaufen, sich vollständig verflüssigen.

Endlich stahl sich ein Lächeln auf ihr Gesicht. Ihre Therapeutin sorgte sich, dass nur solche Todesfantasien sie aufzuheitern vermochten, doch solange die Dunkelheit ihr ständiger Begleiter war, würde sich daran nichts ändern.

Der Arbeitstag in der Bahnhofsbuchhandlung schleppte sich dahin und die Frau spürte, wie die Dunkelheit wieder näherkam. Da fiel *er* ihr zum ersten Mal auf, und sie begann zu ahnen, dass die heutige Dunkelheit nicht in ihr lag. Sie war womöglich von Anfang an nicht aus ihr gekommen, sondern aus einer Bedrohung von außen. Eine düstere Vorahnung.

Sofern so etwas überhaupt möglich war.

Er, das war ein großer, schlanker Mann mit sorgfältig rasierter Glatze in schlabbrigen Wollsachen. Die Hose schlotterte und drohte jeden Moment herunterzurutschen, der Pullover war von dunklen Flecken übersät und wirkte steif.

Ein Obdachloser, der in ihrem Laden Zuflucht vor der Kälte suchte – oder etwas Ablenkung, Unterhaltung. Im Winter kamen sie in Scharen und drückten sich im Bahnhof herum, bis der letzte Zug gefahren war und die Bahnhofssicherheit alle rauswarf, um die Türen bis zum Morgen zu verriegeln.

Einige der Männer kannte sie mittlerweile recht gut, sie waren oft hier und belästigten eigentlich niemanden. Sie hielten sich abseits, kamen nur ab und an in die Geschäfte, um mal etwas anderes zu sehen, als graue, dreckige Ecken. Normalerweise ließ sie die Penner hier sitzen und sich aufwärmen, solange sie wollten.

War der Typ jedoch kein normaler Penner, sondern ein Junkie, dann hatte sie allerdings ein Problem. Es war zwar nicht gesagt, dass er ihr auf jeden Fall etwas tun würde, aber Drogensüchtige waren unberechenbar. Vorsichtig zog sie sich hinter den Verkaufstresen zurück, wobei sie den Mann nicht aus den Augen ließ, und stolperte über eine Kiste mit Zeitungen, die sie dort abgestellt hatte.

Er drehte sich um und starrte sie an, lange, zu lange. Seine fleischigen Lippen kräuselten sich zu einem unbeholfenen Lächeln. Langsam kam er auf sie zu und steckte dabei eine Hand in seine speckige Hosentasche.

Die Flecken auf seinem Pullover ... Blut? Der Griff in die Tasche ... nach einer Waffe?

Sie überlegte, was ihr zur Verteidigung dienen konnte, und ihre Hand schloss sich nahezu automatisch um den Tacker, ein schweres, großes Ding. Sie spannte ihre Muskeln an, als der Kerl immer noch lächelnd näher kam und ihre Augen mit seinem kalten Blick gefangen hielt. Sie hob den Tacker leicht an, spürte das Gewicht des Geräts.

... Sie würde das Büroutensil anheben, würde es weit über ihren Kopf heben, mit beiden Händen am besten, für mehr Kraft, und es niedersausen lassen auf diesen obszön glänzenden Schädel. Weiß sah der aus und irgendwie nass. Es widerte sie an.

Er würde näherkommen und immer näher und sie würde zuschlagen, brüllend. Der schwere Tacker würde die Haut aufreißen, diese weißliche, ekelhafte Haut, die sich über diesen viel zu runden Schädel spannte. Aufreißen würde sie, und Blut würde sich daraus ergießen, aber das würde sie kaum wahrnehmen, denn sie würde weiter mit dem Tacker zuschlagen, und noch mal und noch mal, bis der Schädel knackte und aufbrach.

Sie würde ihn zu Brei schlagen, immer auf dieselbe Stelle, ganz oben. Schädelkrone hieß das, glaubte sie. Irgendwann würde der Knochen völlig nachgeben und in kleine Splitter zerbrechen und das Hirn würde freigelegt. Ungeschützt wäre es, sein Steuersystem, sein Lebensspender, weich und grau und nicht weniger widerlich als die blasse Haut, die es noch Momente zuvor von der Außenwelt abgeschottet hatte.

»Entschuldigen Sie, ich suche ein Buch. Ein ganz bestimmtes, ausgesprochen wertvolles Buch.« Der Mann stand vor ihr, in der Hand einen Füller und einen Notizblock, die er aus dem Regal vor dem Tresen genommen hatte. »Und dieses Schreibheft werde ich auch benötigen.«

Sie ließ den Tacker los und errötete. Natürlich keine Waffe und auch kein Blut. Offensichtlich nicht einmal ein Penner, sondern einfach nur ein ungepflegter Typ.

Sein Lächeln wirkte plötzlich gar nicht mehr bedrohlich.

Beschämt bediente sie den Mann besonders freundlich und zuvorkommend.

III

Diese Welt machte ihn krank. Er war noch nicht lange hier, aber er wollte schon wieder weg.

Es stank.

Die Bewohner waren hässlich und zu dumm, um würdige Gesprächspartner sein zu können. Die Landschaften waren allesamt langweilig. Alles war dreckig. Er hatte keinen Rückzugsort und kaum Kraft.

Wer auch immer glaubte, diese Welt zu bauen sei eine gute Idee gewesen – sollte er doch in sämtlichen Höllen schmoren!

Seine Frustration war unermesslich.

Die Schwäche hatte ihn in dem Moment überfallen, in dem er hier gelandet war. Eine schlechte Welt war das, so fehlerhaft, dass sogar er jetzt fehlbar war und damit nahezu machtlos. Es gefiel ihm nicht, seine Stärke einzubüßen. Er war niemand, der gerne improvisierte.

Und zu seiner Schande musste er gestehen, dass er sich auch niemals näher mit den Hilfsmitteln beschäftigt hatte, die für genau solche Situationen konstruiert worden waren.

Hätte er diese Sprüche und Rituale im Kopf, es wäre ein Leichtes, ein Portal zu bauen. Hatte er aber nicht, und so benötigte er ein Werkzeug. Das zu beschaffen war in dieser fehlerhaften Dreckswelt allerdings schwierig.

Er musste die Regeln dieser Welt lernen und herausfinden, inwieweit er sie, seinen Zwecken gemäß, beugen konnte.

IV

Mimi musste Zeitschriften besorgen. Neue Rezeptideen für ihr Fleisch. Die Bahnhofsbuchhandlung war da immer am ergiebigsten.

Eigentlich mochte sie den Bahnhof nicht. Zu viele Menschen, die sinnlos herumwuselten und sich ihr ständig unvermittelt in den Weg stellten. Das hasste Mimi.

Aber was sollte sie machen; online konnte sie ihre Zeitungen nicht kaufen, denn dafür müsste sie ihre Bankdaten angeben, und den Gefallen wollte sie »Denen Da Oben« nicht tun. Wäre ja gelacht, wenn sie ihnen einfach so verriet, wie viel Geld sie hatte oder was sie für ihr tägliches Leben benötigte!

Dass sie ein Bankkonto besaß, war schon ein Zugeständnis, das ihr eigentlich nicht passte. Aber ohne ließ sich nun mal kein Geschäft führen, und das aufzugeben – dazu war sie nicht bereit.

Nun war sie also hier, zwischen all den Menschen, und spürte schon wieder diese Unruhe in sich aufsteigen. Ihre Haut kribbelte. Ihr Magen kribbelte auch. Zu nah, sie waren einfach alle zu nah ... Mitten in der Vorhalle blieb Mimi stehen und senkte konzentriert den Kopf. Augen zu und durch, und zwar im wörtlichen Sinne: Wenn sie ihre Augen schloss, konnte sie die Leute kurz ausblenden und das Kribbeln unter Kontrolle bringen.

Einige Minuten lang ließ sie die Menge vorbei wogen und sammelte neue Kraft. Sie atmete tief durch, noch mal, noch mal ... Besser!

Mimi wollte gerade weitergehen und endlich ihre Einkäufe erledigen, da sah sie ihn.

Der Glatzkopf war anders als die anderen, das sah sie sofort. Ungepflegt und nachlässig gekleidet, trotzdem keiner von den Obdachlosen, die hier sonst herumlungerten. Er strahlte etwas aus, das Mimi missfiel, sie aber gleichzeitig magisch anzog. Ob er einer von Ihnen war?

Ohne groß darüber nachzudenken, verwarf Mimi ihren ursprünglichen Plan und folgte dem seltsamen Kerl. Solch einem starken Drang, das hatte sie früh gelernt, musste man einfach nachgeben.

V

Sie lauern auf mich. Der schwarze Mann und sein Hund, der gar kein Hund ist, sondern irgendwas anderes. Immer wieder ist dieses Vieh etwas anderes ... Sie suchen mich.

Ich habe den Verdacht, dass ich einer Art Tarnung begegnet bin, dass auch der Mann gar kein Mann ist, sondern etwas anderes. Ich kann mir nicht helfen, ich bin sicher, er wollte wie ein Mann aussehen, wie ein Mensch, damit er nicht auffällt. Genau wie dieser Hund nicht auffallen soll, der grinsende schneeweiße Hund. Dieses Kalb.

Ich bilde mir ein, dass seine Züge konkreter werden, seine Haut blasser. Der schwarze Mann ist nicht mehr pechschwarz, sein Gesicht keine leere Platte mehr. Er wirkt jetzt echter, so als lerne er langsam, wie man ein menschliches Gesicht nachahmt.

Er sieht so aus wie ich.

VI

Die Nacht legte sich über die Stadt und Ruhe hielt Einzug. Auch in ihr. Der merkwürdige Mann vom Nachmittag im Laden ging ihr nicht aus dem Kopf. Er hatte das teure Notizheft tatsächlich gekauft, aber das Buch, das er eigentlich wollte, hatte sie ihm nicht besorgen können.

Dann hatte er sich erstaunlich lange in der kleinen Abteilung für ›Selbsthilfe‹ herumgedrückt, die sie vor einem Jahr in einem Anfall von Spiritualismus angelegt hatte. Halb-psychologische Bücher über mentale Kräfte, Wälzer zu den verschiedenen Weltreligionen, religiöse Texte und Schundbändlein zu Hexerei und Magie.

Schon bald hatte sie das Interesse an derlei Dingen verloren, aber weil die Bücher einen erstaunlichen Absatz fanden, hatte ihr Chef die Ecke behalten und befüllte sie laufend mit neuem Material – mal wissenschaftlich fundiert, mal abseitig und düster. Der abseitige Kram verkaufte sich am besten.

Der Mann hatte sich besonders für die Bibel und den Koran interessiert, in beiden geblättert und immer wieder leise aufgelacht. Das Buch, das er zu bestellen versucht hatte, hieß ›Necronomicon‹. Sie wusste, dass es ein solches Werk nicht gab, zumindest nicht als das mystische alte Zauberbuch, das H. P. Lovecraft seinerzeit erfunden und dem verrückten Araber zugeschrieben hatte.

Natürlich hatten alle möglichen Autoren sich an dem berühmten Titel abgemüht. ›Necronomicon‹ ergab in ihrem Bestellsystem eine Reihe von Treffern, aber keinen unter dem Autorennamen, den der Mann genannt hatte. ›Chanoch‹, ohne Nachnamen.

Sie kannte viele merkwürdige Pseudonyme, aber ›Chanoch‹ war ihr neu.

Der Mann hatte gesagt, das Buch sei sehr alt und sehr selten, also hatte sie ihm geraten, die zahlreichen Antiquariate in der Stadt aufzusuchen. Sie hatte ihm sogar eine Liste mit den wichtigsten Adressen gegeben und er war höflich dankend gegangen.

Seltsamer Kerl. Hoffentlich fand er sein Buch und verschwand für immer aus ihrem Leben. Erstaunt stellte sie fest, dass er ihr Angst einjagte.

Sie hatte die Erfahrung gemacht, dass gerade die besonders merkwürdigen Leute dazu tendierten, immer wieder zu diesem kleinen Laden zu kommen. Das war der Preis, den man für die sehr gute Lage mitten im Bahnhof einer großen Stadt zahlte.

Um die Mittagszeit des folgenden Tages war der Fremde zurück. Beunruhigt beobachtete sie, wie er einige Bücher auswählte. Er ging dafür durch den ganzen Laden, langsam, gelassen, und betrachtete die verschiedenen Ausgaben. Schließlich kam er mit einem Stapel zu ihr an den Tresen.

Er lächelte sie an. Sie musste bei dem Anblick an die Cartoon-Version eines Haifischs denken: Zu viele Zähne, die alle viel zu weiß waren. Ihre Innereien gefroren.

»Guten Tag. Wie schön, Sie erneut zu treffen!«

Erwartungsvoll stand er vor ihr, die Bücher im Arm. Die Frau starrte ihn nur an, unfähig sich zu bewegen oder irgendetwas zu sagen.

Der Mann lächelte weiter, nun offenbar verwirrt. »Leider war meine Suche nach dem Buch vergebens, wenngleich auch die Geschäfte, die Sie mir empfahlen, äußerst interessante Schätze beherbergen. Ich muss Sie allerdings bitten, erneut danach zu suchen. Es ist von immenser Wichtigkeit für mich.«

Sie schluckte, nickte und suchte pflichtschuldig ein weiteres Mal nach dem Buch, wenngleich das kaum etwas bringen würde. Vorgestern noch hatte sie keinen einzigen Treffer verzeichnen können, doch heute hatte sie Erfolg: »Chanoch – Das Necronomicon. Eyn Rathgeber vür den Gevallenen«.

Unwillkürlich wich sie einen Schritt zurück. Die Schrift auf dem Monitor flimmerte leicht, verschwamm vor ihren Augen. Sie schüttelte den Kopf.

»Heute scheinen Sie Glück zu haben«, stammelte sie. Der Mann lächelte breit.

»Das hatte ich erwartet«, sagte er mit weicher, warmer Stimme. »Können Sie es für mich bestellen, bitte?«

Ihre Professionalität gewann die Oberhand. »Es ist recht teuer und ich fürchte, ich kann es nur antiquarisch bestellen. Es wird also nicht bis morgen ankommen.«

»Das macht mir nichts aus. Ich kann warten, wenn ich nur weiß, dass ich das Buch bekommen werde. Diese hier interessieren mich ebenfalls.« Damit legte er den Stapel vor ihr auf den Tresen. »Bezahle ich alles sofort?«

Ohne die Bücher berühren zu wollen, betrachtete sie die Titel. Die Bibel. Der Koran. Zwei Sammlungen griechischer und nordischer Göttersagen. Freuds Essays zu Religion und Gesellschaft. Buddhistische Texte aus China und Tibet. Ein Werk zum Hinduismus.

»Ich brauche noch Ihren Namen und Ihre Adresse, am

besten auch die Telefonnummer, dann kann ich Sie anrufen, wenn das Buch da ist«, sagte sie stockend.

Er gab ihr die Daten. Hieronymus von Weyersleben, mit einer Adresse am Kurpark. Ein reicher Adliger, der sich für Religion interessierte?

Ihre mühsam aufrechterhaltene Fassade der freundlichen Professionalität begann zu bröckeln, so unwohl fühlte sie sich in seiner Gegenwart. Sie nahm sein Geld, packte die Bücher in eine Tüte und grinste ihn verzweifelt an.

Sein Lächeln wirkte starr, gar nicht mehr warm oder freundlich oder überhaupt wie ein Lächeln. Seine Augen waren kalt und grau.

Ein Schauer überlief sie, als ihre Hände kurz seine berührten. Schnell ließ sie die Tüte mit den Büchern los und machte einen Schritt nach hinten. Der Mann ging grußlos.

VII

Am Rande des Parks standen überall alte Villen, wunderschöne, herrschaftliche Häuser, regelrechte Kunstobjekte. Mimi hatte sie schon immer gemocht. Sie war gerne im Kurpark und träumte sich in diese Häuser hinein. Eines Tages – eines Tages würden sich ihre Ideen auszahlen und so ein Haus würde ihr gehören!

Der Glatzkopf hatte sie hierher geführt, was ihn gleich viel sympathischer machte. Mimi war gern hier, also konnte er nicht allzu verkehrt sein, wenn er ebenfalls gern hier war.

Vielleicht war er ja reich!

Das Gebäude, in dem er verschwunden war, wirkte unbewohnt. Nackte Fenster, durch die sie vollkommen leere Räume erahnen konnte, ein gepflegter, aber karger

Garten, der Briefkasten zugeklebt. Ein Zu-verkaufen-Schild an der Tür. Sie ging näher heran. Kein Name.

Mimi beschloss, ihn zu observieren, um herauszufinden, was er wollte. Dieses Mal trog ihr Gefühl sie nicht, da war sie sicher: Der Mann hatte etwas Besonderes an sich, er war einer von denen, die Antworten für sie hatten. Garantiert.

Sie zog sich in ein Gebüsch gegenüber dem Haus zurück.

Nach ein paar Minuten – oder Stunden? Mimis Zeitgefühl war noch nie sehr gut gewesen, das machte ihr auch beim Schlachten ständig Probleme – trat der Glatzkopf aus der Tür und verschwand in den Schatten des Parks.

Sollte sie ihm folgen oder lieber ... Wenn sie herausfinden wollte, was dieser Mann war, wäre die Verfolgung sicher keine schlechte Idee. Aber ihre Neugier zwang sie regelrecht, erst einmal einen Blick in die Villa zu werfen. Ein Haus, das zum Verkauf stand und ein Mann mit Schlüssel, der eindeutig nicht der Makler war – das hatte doch etwas zu bedeuten!

Einen Einbruch später fand sie sich in einer großzügigen Diele wieder. Die Räume waren zu dunkel für ihren Geschmack und die Leere irritierte sie. Nur die Küche war eingerichtet, edel, aber etwas altmodisch. Groß war sie, das musste Mimi anerkennend feststellen, und die Vorratskammer war riesig. Hier könnte sie super arbeiten ... Nein, ihre Aufgabe hier war eine andere.

Sie schlich weiter. Der Glatzkopf mochte weg sein, aber wer wusste schon, mit wie vielen Kumpels er zusammenlebte.

Das riesige Zimmer mit der Fensterfront zum Garten, hinter dem sich der Bach entlang schlängelte, um den Mimi die Bewohner des Kurparks immer beneidete, war bestimmt als Wohnzimmer gedacht. Daneben lag ein großes Bad mit Wanne und separater Dusche, daneben noch ein kleineres Zimmer. Das wäre ein hübsches Büro.

Der erste Stock war langweilig, der zweite ebenfalls. Hier gab es nichts, absolut gar nichts. Keine Möbel zum Durchwühlen, kein Gepäck in den Ecken, nicht mal eine Matratze am Boden. Ein Stapel Bücher auf einem Fensterbrett, lauter religiöse Werke, alle brandneu. Das war es auch schon.

Langweilig.

Erst auf dem Dachboden, als Mimi schon genervt aufgeben wollte, weil sie sich offenbar geirrt hatte und dieser Glatzkopf absolut nicht interessant war – vermutlich doch einfach nur der Makler — stieß sie auf Anzeichen, dass dieses Haus zumindest sporadisch bewohnt wurde.

Den Gestank kannte sie: Dreckiger Mann in tausend Lagen genauso dreckiger Klamotten. Ungewaschene Haare und Stiefel mit dem Schmutz der Straßen im Profil. Schweiß, Fett, Hunger und kalter Zigarettenrauch.

Der Geruch eines Penners.

Sie hätte gewarnt sein sollen, denn unter diesem wohlvertrauten Geruch lag noch ein anderer, schärferer. Ein bisschen wie eine offene Wunde, wie Blut, aber mit einer Spur von freiliegendem Gedärm, angeschnitten, was man beim Schlachten tunlichst vermeiden musste.

Hatte hier jemand gutes Rindfleisch verdorben, weil er den Darm angeritzt hatte? Schnuppernd ging Mimi an dem stinkenden, zerwühlten Deckenlager vorbei. An dem schäbigen Rucksack, dessen ursprüngliche Farbe sie selbst dann nicht hätte erkennen können, wenn der Dachboden besser beleuchtet gewesen wäre. An den zerfledderten Büchern, die das Gegenteil der religiösen Werke ein Stockwerk unter ihren Füßen waren: Pornoheftchen und billige Liebesklamotten.

Ein Schauer überlief sie und sie begann zu zittern. Da lag einer. Der, der so stank. Der, der sich hier eingenistet hatte, aber nicht der Glatzkopf war. Von oben bis unten aufgeschlitzt – oder von unten bis oben, das konnte man ja schlecht sehen.

Seine Innereien ergossen sich bunt und glibberig über die Holzbohlen. Die Blutlache, in der er lag, war längst getrocknet. Sein Darm war tatsächlich gerissen. Der Gestank wurde unerträglich und Mimi wurde schlecht.

Das Kribbeln aus dem Bahnhof, diese Ahnung kommender Panik, kehrte mit aller Macht zurück. Grundlos, natürlich, doch vielleicht auch als Vorahnung. Ein böses Omen.

Auf einmal fühlte sie sich beobachtet, aus jedem Schatten, jeder Ecke, jedem Fenster dieses viel zu düsteren Hauses.

Der Leichnam vor ihr konnte das auf keinen Fall sein. Hektisch schaute Mimi sich um, drehte sich um die eigene Achse und bemühte sich, ihre verlorene Sicherheit zurückzugewinnen. Bloß nicht in Panik geraten!

Nichts.

Natürlich war da nichts. Nur der Penner, der sie aber nicht mal mit glasigen Augen anstarrte oder so. Sein Gesicht war von ihr abgewandt, was angesichts der Lage seines restlichen Körpers anatomisch unmöglich war. Bei einem Toten spielte das allerdings offensichtlich keine große Rolle.

Sie wollte wieder ihren Trick anwenden: Den Kopf senken, die Augen schließen und tief durchatmen, um sich zu beruhigen. Doch weder annähernd vernünftige Gedanken noch die Abwesenheit jedweder Bedrohung konnten das Gefühl von Gefahr vertreiben.

Mimi rannte ins Erdgeschoss, raus und nach Hause, wo sie die Nacht bibbernd in ihrem Bett verbrachte. Alle Türen fest verschlossen und sämtliche Gliedmaßen unter der Decke. In vermeintlicher Sicherheit.

Schlafen konnte sie dennoch nicht.

Was war dieser Glatzkopf nur?

VIII

In der Abenddämmerung gefiel ihm dieser Ort fast. Dennoch konnte er sich nicht an die Eigentümlichkeiten der Menschenwelt gewöhnen.

Das Verstreichen von Zeit irritierte ihn: Sie zog an ihm und versuchte, ihn zu verändern, wie sie alle Dinge und Lebewesen in ihrem Einflussbereich veränderte. Ein seltsames Gefühl. Überhaupt: Gefühle. Emotionen waren ihm nicht fremd, im Gegenteil, aber die körperlichen Auswirkungen seiner geistigen Zustände irritierten ihn.

Er spürte einen Anflug von Erschöpfung. Er war wieder zu lange gewandelt. Auch daran konnte und wollte er sich nicht gewöhnen: Seine Kraft war endlich, solange er auf der Erde war. Er schien stärker als die Sterblichen, das hatte der übel riechende Mann ihm gezeigt, aber er musste von Zeit zu Zeit ruhen. Seine absolute Macht war zu einem leichten Kräuseln zusammengeschrumpft. So konnte er dieses Haus benutzen, das während seiner Anwesenheit auf keinen Fall einen Käufer finden würde, aber verstecken konnte er es nicht. Auch konnte er dafür sorgen, dass diese unfähige Frau das Buch fand, das er so dringend brauchte. In seinen Besitz bringen konnte er es allerdings nur auf die konventionelle Erdenart: Er musste es sich schicken lassen.

Warum war er auch so unvorsichtig gewesen! Jetzt war er an diesem elenden Ort gefangen.

Die Erschöpfung wuchs schneller in seinem geliehenen Körper, also beschloss er, sich auf den Heimweg zu machen.

Er konnte die Ruhepause zum Lesen nutzen. Die Bibel hatte er bereits durch und sie hatte ihn sehr amüsiert. Welch putzigen Ideen diese Menschen anhingen! Eine köstliche Erfindung, diese Religion. Als Nächstes wollte er den Koran bearbeiten – er hatte viel über die Kriege gehört, die wegen der verschiedenen Glaubensrichtungen geführt wurden.

Diese Menschen dachten wirklich, ihr jeweiliger Glaube sei der einzig wahre. Kichernd öffnete er mit einem Handstreich die Tür und betrat den Flur.

Sofort wusste er, dass ein Eindringling im Haus gewesen war. Die Präsenz eines Menschen war deutlich spürbar. Dabei durfte hier niemand sein. Dies war sein Haus, sein Unterschlupf.

Heilige Wut überfiel ihn. Wut, die nicht verrauchen würde, ehe der Eindringling ihm gehörte. Wie der Penner, der das leere Haus vor seiner Ankunft bewohnt hatte, würde dieses Individuum bezahlen müssen.

Er wusste, was er zu tun hatte, und er würde es bald tun. Rasend vor Wut – auch über die Erschöpfung, die seine Rache hinauszögerte – begab er sich in den oberen Stock und plante sein weiteres Vorgehen.

IX

Manchmal zerrt er an mir. Ich weiß nicht, wie er das tut, aber er tut etwas. Er will mich zu sich locken. Er will, dass ich mein Zimmer verlasse und dann die Anstalt, in deren Inneren er mich nicht ergreifen kann.

Nur beobachten kann er mich hier, unter dem gleißenden Neonlicht, nur vor dem Fenster lauern und mich anlocken.

Es regnet. Ich sehne mich danach, im Regen spazieren zu gehen; kühl wird er sein, aber nicht richtig kalt. Einfach nur Frische auf die klebrige Haut zaubern, ins verschwitzte Haar. Weicher Regen, zärtlich, eine liebkosende Berührung von Mutter Natur.

Seit er mich verfolgt, er und sein grauenhafter Hund, hat mich niemand mehr berührt. Keine Zärtlichkeit mehr für mich, o nein, für mich nur noch AngstAngstAngst.

Und klebriger Schweiß.

Und Neonlicht.

Den Regen hat er geschickt. Garantiert. Noch ein Lockmittel. Ein weiterer seiner kleinen Tricks, um mir das Leben hier zu vergällen, um mich mürbe zu machen und mich zu sich zu locken. Eine neue Art des Zerrens.

Ich wende mich vom Fenster ab, o ja, ich ignoriere den Regen, den wunderschönen Regen, der die Welt badet, der mich baden sollte. So einfach kriegt er mich nicht! Ich muss doch erst herausfinden, was er will und warum und warumichundwastun.

Er ist ein Gott, müssen Sie wissen.

Ein waschechter Gott.

X

Die Frau hatte den Mann verfolgt. Einer Eingebung folgend war sie am frühen Abend, zwei Tagen nach seiner vergeblichen Buchbestellung, zu der Adresse gegangen, die er ihr genannt hatte. Schwer bepackt mit allen möglichen Tüten und Paketen war er aus der Tür getreten und hatte sich auf den Weg gemacht, und sie war ihm gefolgt.

Diese Verfolgungsjagd erfüllte sie mit einer Aufregung, die sie nahezu vergessen hatte. Die Dunkelheit in ihrem Inneren kümmerte sie nicht. Die Dunkelheit, die im Außen bald hereinbrechen würde, ebenfalls nicht. Die Frau fühlte sich ... gut. Sie hatte nicht einmal Angst.

Der merkwürdige Mann ging direkt zum alten Friedhof. Was für ein Klischee: Der unheimliche Typ, der mit geheimnisvollen Utensilien zur geweihten Ruhestätte der Toten wandert. Am Ende würde er dort noch irgendein obskures Ritual abziehen!

Fast wäre sie umgekehrt, ein wenig enttäuscht, doch nur einem der üblichen Irren aufgesessen zu sein, die den Bahnhof und seine Geschäfte bevölkerten. Aber irgendetwas – wieder diese unerklärliche Eingebung vermutlich – hielt sie hier. Sie versteckte sich in einem Gebüsch, von dem aus sie den Mann beobachten konnte.

Wenn ihr Gefühl recht hatte, würde hier gleich Ungeheuerliches geschehen.

Wenn er einfach nur irre war, würde es vielleicht zumindest amüsant.

Der Mann hatte alle seine Tüten und Pakete achtlos auf einen riesigen Haufen geworfen und zog sich aus. Jetzt schämte sie sich ein wenig ihres Voyeurismus und überlegte, doch sofort zu gehen – nicht, dass sie gleich Zeugin irgendwelcher Schweinereien würde.

Das Licht der untergehenden Sonne schimmerte auf seiner glatten Haut, auf der kein einziges Haar zu wachsen schien. Nun wurde ihr klar, warum sie seinen Blick als unangenehm und sein Gesicht als eigentümlich empfand: Er hatte nicht nur stechende Augen, ihm fehlten auch sämtliche Gesichtshaare. Ohne Wimpern und Augenbrauen wirkt ein Gesicht fremd.

Der Nackte hockte nun neben seinem Einkaufstütenberg und zerrte scheinbar wahllos Dinge aus ihren Verpackungen. Schals, Mützen, Spielzeuge, Obst und kleine Gläser mit Pulvern darin flogen wild um ihn herum. Absurd viel Zeug quoll aus den Tüten, mehr, als ihres Erachtens hineinpassen sollte.

Dann arrangierte er seine neuen Besitztümer in einem skurrilen Tableau: Er setzte zwei Dutzend Puppen in einen Kreis um sich herum und dekorierte sie mit Accessoires. Bald saß eine bunte Gruppe von verschiedenen Menschentypen um ihn herum: eine Mädchenpuppe mit langem Haar, Strohhut und Sonnenbrille, einen Seidenschal um den schmalen Körper gewickelt. Daneben eine lebensgroße Babypuppe mit einer Scherzbrille mit Nase und Schnurrbart, dazu ein Aktenkoffer. Einige nackte Barbies in verfänglicher Pose. Der Torso einer Schaufensterpuppe mit grauer Perücke und Stricknadeln, an einen schiefen Grabstein gelehnt.

Als Nächstes öffnete der Mann seine Gläser und Papiertütchen und mischte Pulver, Pasten und Flüssigkeiten zu einem klebrigen Brei, der ihm träge von den langen Fingern troff. Wo hatte er all den Kram untergebracht?

Er ging in dem Kreis auf und ab und schmierte das Zeug auf die Puppengesichter.

Der Geruch, der zu ihrem Versteck wehte, war unangenehm herb. Angewidert wandte sie das Gesicht ab, obgleich sie wusste, dass sie hinsehen musste, weiter beobachten. Also tat sie es, schaute hin.

Der Mann stand aufrecht und tanzte langsam im Kreis. Dazu summte er einen durchdringenden Ton, der sich in Intensität und Lautstärke steigerte, je schneller er tanzte. Er drehte sich, verbog sich und raste durch den Puppenkreis. Schließlich brüllte er nur noch und drehte sich wie ein Kreisel.

Sie presste sich die Hände auf die Ohren. Dieser Mann war wahnsinnig. Nur Verrückte konnten solche Dinge tun, Verrückte konnten jedes Körpersignal, das gefährliches oder krankhaftes Tun anzeigte, ignorieren und sich drehen und drehen und schreien, ohne zu atmen.

Gleich musste es vorbei sein, irgendwann musste er doch Luft holen. Oder einfach umfallen, ohnmächtig zwischen seine Puppen und die stinkende Schmiere sinken.

Aber er holte keine Luft.

Die Frau sah auf ihre Uhr, um das Verstreichen der Zeit objektiv messen zu können. Eine Minute verging, zwei, drei, vier, und der Mann drehte sich wilder als zuvor und schrie sogar noch lauter. Zehn Minuten.

Schon nach einer Viertelstunde war aus der ungläubigen Frau ein entsetztes Wrack geworden. Das da vor ihr konnte kein Mensch sein, verrückt oder nicht. Sie kroch rückwärts durch ihr Gebüsch, entfernte sich instinktiv von dem tanzenden Monstrum. Weg hier, nur weg.

Nach ein paar Metern drehte sie sich um und wollte losrennen, da prallte sie gegen jemanden. Sie schrie auf und stieß die Gestalt mit ganzer Kraft von sich. Die kroch jedoch auf sie zu, erst langsam und benommen, dann schneller, in Richtung des seltsamen Mannes, der da hinten immer noch brüllte und raste.

Es war eine Frau. Eine unwahrscheinlich fette Frau in einem geblümten Kleid, das so weit hochgerutscht war, dass es ihren mächtigen Hintern entblößte. Ihr dunkles Haar stand wirr nach allen Seiten ab und Schmutzflecken prangten auf den nackten Armen und Schenkeln.

Die Fette kroch an ihr vorbei und versuchte, auf die Füße zu kommen, fiel aber wieder hin und kroch einfach weiter. Sie wirkte abwesend, als schlafwandle sie. Den Blick starr auf den Bannkreis des kahlen Mannes gerichtet, robbte sie durch das Unterholz, ohne sich um die Kratzer, die sie sich an Ästen und Dornen holte, zu kümmern.

»Hey!«, rief die Frau. »Was ... was machen Sie da? Stehen Sie auf, okay?«

Die Andere reagierte nicht. Vielleicht hörte sie sie nicht, denn von dem alten Gräberfeld drang höllischer Lärm herüber. Von einem Instinkt getrieben, den sie so nicht kannte und den sie auch nicht verstehen konnte, warf sich die Frau auf die Fette und hielt sie fest.

Diese wehrte sich heftig und bäumte sich unter ihr auf, deswegen drückte die Frau ihr die Arme zu Boden und setzte sich auf sie.

Die Fette brüllte sie an, ein Laut, der sogar den Lärm des Kahlen übertönte, und wand sich unter ihr. Die Frau konnte sich nicht lange halten, zu heftig waren die Zuckungen und das Umsichtreten ihrer Gegnerin. Sie wollte sich stabilisieren und stützte sich am Stamm eines nahen Baums ab, fand aber keinen Halt – die Andere schoss nach oben und die Frau fiel.

Der Baum, eben noch vermeintlicher Rettungsanker, wurde ihr nun zum Verhängnis. Sie konnte sich nicht abfangen und knallte mit dem Kopf gegen den Stamm. Ein dumpfer Schmerz durchfuhr sie. Kurz wurde ihr schwarz vor Augen, aber rasch klärte sich ihr Sichtfeld wieder. Benommen ließ sie sich auf den Hintern sinken und legte die Stirn in ihre Hände.

Der Lärm, den der Kahle veranstaltete, schwoll immer mehr an. Dann hörte er auf, so unvermittelt, dass die plötzliche Stille selbst ein Geräusch zu sein schien, ein Dröhnen in der Luft, das in den Ohren schmerzte.

In diese Leere hinein hob die Frau den Kopf.

Die Lichtung war verlassen. Kein seltsamer Mann. Keine bizarre Inszenierung. Keine fette Frau, die auf Händen und Knien umherkroch.

XI

Er hatte seinen Eindringling. Sie war eine kleine, sehr korpulente Person mit einem wirren Geist und sie fühlte sich anders an als der stinkende Kerl, den er aus seinem Unterschlupf hatte entfernen müssen.

Der Stinkende war unglücklich gewesen, aber kein köstliches Unglück, an dem er sich laben und mit dem er sich hätte stärken können. Der Stinkende hatte ein Unglück gelebt, mit dem er nichts anfangen konnte. Also hatte er ihn schlicht umgebracht und auf dem Dachboden liegen lassen.

Diese dicke Frau dagegen – sie hatte, wie er nun sehen konnte, tatsächlich seinen Unterschlupf betreten, nach ihm gesucht und dabei den Leichnam des Stinkenden gefunden – war absolut nicht unglücklich. Glücklich allerdings auch nicht, zumindest nicht, soweit er das erkennen konnte.

Sie existierte einfach. Anders konnte er das Gefühl nicht erklären, das er von ihr empfing, als er sie in seiner Umklammerung hielt und ihr Inneres auslotete.

Da ihre Emotionen für ihn nicht greifbar waren, versuchte er es mit ihren Gedanken. Zumindest ein paar Informationen zu dieser Welt wollte er ihr abnehmen, ehe er sie bestrafte.

Aber da war nur Blödsinn.

Selbst er, mit seinen höchstens rudimentären Kenntnissen zu der Welt, auf der er gestrandet war, konnte sehen, dass im Kopf dieser Frau ein Durcheinander herrschte, aus dem er keine sinnvollen Erkenntnisse würde ziehen können. Nichts.

Große Tiere blökten ihn vorwurfsvoll an. Runde schwarze Augen musterten ihn. Viele ihrer Gedanken drehten sich um rotes Blut und graues Fell. Hufe und Knochen. Schädel. Kochtöpfe, aus denen betörende Düfte emporstiegen. Druckerschwärze an Fingern, die hastig in Zeitschriften blätterten. Immer wieder das Grün, von dem diese Welt so irritierend viel aufzuweisen hatte.

Die Sterne. Diese Frau — Mimi, so dachte sie von sich — blickte oft in die Sterne.

Etwas, das wie ein schwarzer Spiegel aussah. Computermonitore mit wirren Botschaften. Die tippenden Finger der Frau. Öde Straßen, in Mimis Kopf nicht farbig wie in der Realität, sondern schwarz-weiß. Das Grün schien ihr zu gefallen, die Straßen der Stadt nicht.

Wenig andere Menschen, nicht wie bei dem stinkenden Penner.

Er wusste nicht, was er mit dieser verwirrenden Bilderflut anfangen sollte, also beschloss er, sich lieber aus diesem Geist zurückzuziehen. Er würde die Frau loslassen, aufschlitzen und seiner Wege gehen. Eine weniger, die ihm auf den Nerv fiel. Eine mehr, die er für ihre Impertinenz bestraft hatte.

Doch dann begegnete ihm schon wieder eine ungewohnte Regung. Als er sie vor sich im Dreck liegen sah, schlaff und verschwitzt und so bedauernswert, konnte er sie nicht töten. Es war, als steckte ein Teil dieser Irren noch in ihm. Als hätte sie sich an ihm festgekrallt, als er ihren Geist verließ, und wäre einfach mit ihm mitgegangen. Als wäre sie in seinen Geist eingedrungen.

Wie war das möglich? Er war es, der Besitz von diesen armseligen Seelen ergriff, nicht umgekehrt. Und doch ... sie hing an ihrem Leben. Wollte nicht sterben. Wollte bleiben und weiter ihre seltsamen Rituale vor Computern und in blutbesudelten, vom Boden bis zur Decke gefliesten Räumen durchführen. Wollte ein kleines, lächerliches Leben führen, denn das war alles, was sie besaß.

Auf einmal verstand er, wie wichtig ein Leben wurde, sobald es endlich war. Er verstand und er empfand Mitleid. Diese Frau würde nicht wieder in sein Haus kommen, und selbst wenn sie es versuchen sollte, er würde sie spüren.

Dieser wirre Geist, in den er eingedrungen war, hatte ihm vielleicht keine Informationen zu der Welt geliefert, die er so dringend zu verlassen trachtete. Aber er hatte ihm eine Verbindung beschert, die er nicht mehr zu trennen vermochte.

Sei's drum, er würde sie zu seinem Vorteil nutzen. Zumindest schaden würde sie ihm nicht. Sollte Mimi eben leben.

XII

Mimi hatte Angst.

Die merkwürdigen Träume waren wieder da, doch dieses Mal waren sie ... anders. Viel plastischer, viel echter.

Es ging nicht um den kleinen Jungen, von dem sie früher immer geträumt hatte, das Kind in den braunen Wollsachen, das sie mit großen, feuchten Augen ansah. Das Kind hatte sie immer angeklagt, aber sie wusste nicht, was sie verbrochen haben sollte.

Es war keines von ihren Kindern: Keines von denen, die sie abgetrieben hatte und keines von denen, die sie zur Welt gebracht und hergeschenkt hatte.

Einfach ein kleiner Junge, der Nacht für Nacht hinter ihr hergelaufen war und mit dem Finger auf sie gezeigt hatte, stumm, manchmal weinend.

Anfangs war sie immer weggerannt. Die Traum-Panik hatte sie laufen lassen, so schnell sie konnte und so lange, bis sie erschöpft keuchend erwachte. Trotzdem hatte das Kind sie jedes Mal eingeholt, hatte sich vor sie gestellt und auf sie gedeutet.

Irgendwann hatte sie verstanden, dass es ihr nicht näher kommen würde, dass es immer nur dastehen und zeigen würde. Also war sie nicht mehr gerannt, hatte die schrecklichen Träume stoisch ertragen, mit dem Jungen geweint und ständig gefragt, was sie denn tun könne, um ihm zu helfen. Eine Antwort hatte sie nie erhalten.

Der Mann war anders. Er wollte etwas von ihr. Er sah sie nicht nur an, er packte sie und schüttelte sie und schrie sie an. Es war ein Kinderspiel für ihn gewesen, sie zu ergreifen und an sich zu ziehen, weil sie den Traumjungen gewöhnt war und annahm, dass es jetzt dasselbe wäre.

Aber das war der Mann ganz und gar nicht.

Mimi hatte vor ihm gestanden und gefragt, ob er der kleine Junge sei. Er hatte sie nur angesehen, dann hatte er zwei Schritte gemacht und die langen Arme um sie geschlungen. In seiner Umarmung glaubte Mimi, zu ersticken, aber es geschah nicht. Sie bekam genug Luft, um brennenden Schmerz zu spüren, und seine Lippen an ihrem Ohr, die ihr schlimme Dinge einflüsterten.

»Er«, flüsterte er. »Ihn musst du kaputtmachen. Er macht sonst dich kaputt. Dich und alles, was du liebst. Alles, was du brauchst. Er wird kommen. Er wird dich finden und du musst ihn kaputtmachen.«

Dann war sie aufgewacht, verwirrt und verängstigt. Ihre Arme waren ganz rot gewesen, wie von festem Druck, wie von Fingern, die die Haut und das Fleisch und die Knochen zusammendrückten.

Der Mann in den Träumen kam immer wieder, jede Nacht, nahm sie in den Arm und flüsterte ekelhaftes Zeug. Das machte er, seit sie neulich dreckig und verwirrt auf dem alten Friedhof aufgewacht war. Mitten in einem Kreis von kaputten Puppen.

Sie wusste nicht, was ihr da schon wieder passiert war.

XIII

Die Frau hatte Angst vor dem Paket. Es lag auf dem großen Tisch im Lager und sie traute sich nicht, es zu öffnen. Nach der erschreckenden Nacht auf dem Friedhof hatte sie mit einer der Aushilfen den Dienst getauscht, sodass sie ein paar Stunden schlafen konnte, bevor sie in den Laden fuhr.

Dafür war sie jetzt allein und musste bis neun Uhr am Abend bleiben. Es war sieben.

Der Lieferdienst kam zweimal am Tag und das Buch war mit der Nachmittagslieferung gebracht worden. Ihre Kollegin hatte ihr erzählt, dass niemand danach gefragt hatte. Das hieß also, dass der unheimliche Mann noch nicht gekommen war.

Sie öffnete das Paket und sah ein sehr großes, in Leder gebundenes Buch. Nie zuvor hatte sie etwas Vergleichbares gesehen, aber das hatte sie auch nicht erwartet. Man ging nicht in die Bahnhofsbuchhandlung, um antiquarische Raritäten zu erstehen. Man kaufte billige Taschenbücher oder Zeitschriften.

Vergoldete Symbole waren in das Leder geprägt. Ob es sich dabei um Buchstaben handelte, konnte sie nicht sagen. Dicke Linien und Kreise, scheinbar ohne Zusammenhang, nur verbunden durch feine Schleifen, die ihrerseits einander nicht berührten. Es ließen sich keine voneinander getrennten Einheiten ausmachen, die man als Buchstaben oder Wörter hätte identifizieren können, nur ein Fluss von Kringeln und Linien. Immerhin waren sie in Zeilen angeordnet; es konnte sich also tatsächlich um Schrift handeln.

Was sollte sie nun damit machen? Sie traute sich kaum, es anzufassen, geschweige denn die Seiten aufzublättern.

Nachdenklich betrachtete sie das Buch. Nachdenklich blickte das Buch zurück.

Unter dieser Erkenntnis zuckte sie zusammen. Keine Wörter, keine Buchstaben. Es waren Gesichtszüge, die zeilenweise in das Leder des Einbands geprägt waren.

Da lag es, das merkwürdige Buch, in einem Pappkarton, in Füllspäne und Seidenpapier gebettet, und beobachtete sie.

Sie machte zwei Schritte zurück, dann griff sie nach vorne und klappte den Deckel des Kartons zu. Schauer liefen ihr über den Rücken, sie fühlte sich ertappt. Rasch verließ sie das Zimmer und ging wieder in den Verkaufsraum.

»Guten Abend«, sagte der kahle Mann. Das Wesen.

Sie rang sich ein unverbindliches Lächeln ab. »Guten Abend, Herr, ähm ...«, sie stockte kurz, während sie sich an seinen Namen zu erinnern versuchte »... von Weyersleben«, beendete sie den Satz. Der Zettel mit seiner Bestellung lag oben auf dem Stapel neben der Kasse.

Er folgte ihrem Blick und lächelte amüsiert. »Richtig, von Weyersleben. Darf ich der Tatsache, dass meine Bestellung wieder so präsent ist, entnehmen, dass das Werk endlich geliefert wurde?«

Die Frau reagierte rasch. Lügen – das war sie gewöhnt.

»Es tut mir wahnsinnig leid«, sagte sie und strahlte den Mann an, »aber das Buch lässt immer noch auf sich warten. Ich verstehe das gar nicht, eigentlich sind meine Lieferanten sehr zuverlässig. Vielleicht liegt es daran, dass es aus dem Ausland kommt, da verzögert der Zoll manchmal die Lieferung. Einmal musste ein Kunde fast vier Wochen warten, bis seine Lieferung endlich freigegeben wurde. Vier

Wochen! Stellen Sie sich das mal vor. Er war außer sich. Verständlich, wie ich finde. Eine Frechheit ist das doch. Vier Wochen. Nur, weil das Buch nicht ganz so verpackt war, wie es dem Zoll gefallen hätte. Ist ja nicht so, dass der Händler Sprengstoff verschickt hat oder so.«

Sie schwafelte, das merkte sie, und die Ungeduld im Gesicht des Mannes ließ sie vermuten, dass auch er es wusste. Sie verstummte, während sie einen Schritt zurückmachte, aber da hatte er sie bereits am Kragen gepackt und zu sich gezogen. Seine Berührung brannte, sie fühlte sich, als berührte sie ein schlecht isoliertes Kabel. Strom zuckte durch ihren ganzen Körper, ihr wurde heiß.

»Sie wollen also sagen, dass es noch nicht da ist?«, sagte der Mann in einem Grollen, das tief aus seiner Kehle zu kommen schien, aber gleichzeitig nicht; es kam aus den Tiefen des Weltalls.

Sie fühlte sich schwach, klein und sehr schutzlos.

»Sagen Sie es! Sprechen Sie aus, dass mein Buch noch nicht geliefert wurde.« Er brachte sein Gesicht näher an ihres, fast konnte sie seinen Atem spüren. Er roch unangenehm.

Entsetzt riss sie die Augen auf. Fast? Sie konnte *fast* seinen Atem spüren? Der Mann war ihr so nah, sein Gesicht an ihrem, aber sie fühlte nichts: Keine Hitze von seinem Körper, kein Atem, der sich mit ihrem vermischte, in ihre Nase und ihren Mund drang oder zumindest ihre Haut streifte. Nur dieser abgestandene Geruch, modrig, wie ein feuchter Keller.

Der Mann, der sie gepackt hielt und ihr angestrengt in die Augen starrte, atmete nicht. Er strahlte nicht einmal

Körperwärme aus. Wohl aber konnte er sie glauben lassen, das zu tun, indem er ihr diese Stromschläge versetzte und diese Hitze durch ihren Körper schickte.

Nichts davon war echt, stellte sie mit Erstaunen fest. Wie machte er das? War es sein Blick? Nein, auch der war nicht wirklich hypnotisch, vielmehr tat er nur so, als hätte er Macht über sie.

Er tat nur so.

Kalt blickte sie ihn an. »Ihr Buch wurde noch nicht geliefert. Und jetzt lassen Sie mich los!« Sie schüttelte seine Hand ab, trat erneut einen Schritt vom Tresen weg und funkelte ihn wütend an. »So etwas muss ich mir nicht gefallen lassen. Ich denke, Sie sollten das Geschäft jetzt verlassen.«

Nacheinander schaute er sie und seine immer noch erhobene Hand ungläubig an. »Sie, Sie ...«, stotterte er. »Das ... das ist doch ... nicht möglich.« Dann beugte er sich über den Tresen und starrte sie intensiv an.

Die Frau bemerkte seinen Versuch, sie einzuschüchtern. Jetzt, da sie ihn durchschaut hatte und wusste, dass er eigentlich überhaupt keine Macht über sie besaß, wirkte der Blick nicht mehr kalt und bedrohlich. Im Gegenteil: Er wirkte lächerlich.

Sie musste lachen.

Ein klares, lautes, erleichtertes Lachen. Sie fühlte sich gut. Plötzlich hatte sie keine Angst mehr. Ihre Dunkelheit hob sich ein wenig, und sie verstand nicht einmal, warum.

Vor ihr stand ein Wesen, das ganz eindeutig nicht menschlich war, das ganz eindeutig Böses im Schilde führte, aber sie hatte keine Angst.

Der Mann, das Ding, starrte sie weiter an, stummes Entsetzen in seinem Blick hatte die gespielte Herausforderung abgelöst. Er wich zurück, drehte sich um und verließ hastig den Laden.

XIV

Hohn. Das war es gewesen. Hohn.

Offensichtlich hatte diese Frau etwas Besonderes an sich. Er verstand nicht, was das sein könnte, oder warum sie eine solche Macht über ihn hatte. Aber sie hatte die Fähigkeit, ihn zurückzudrängen, sein bisschen Kraft zu brechen.

Konnten das womöglich alle Menschen? Waren sie etwa doch stärker, als man ihn hatte glauben lassen – und wussten sie darum?

Vielleicht hatte diese Frau ihn heute Nachmittag mit Absicht derart geschlagen. Sie hatte ihn verhöhnt, und er hatte zurückweichen müssen, hatte keine Wahl gehabt, als zu gehen. Das Gefühl, besiegt zu werden, war ihm bisher unbekannt gewesen und diese neue Erfahrung erschreckte ihn, war aber gleichzeitig interessant, faszinierend.

Diese Unterwesen mochten also doch eine Herausforderung darstellen.

Er könnte, solange er hierbleiben musste, Experimente anstellen und mit neuen Erkenntnissen nach Hause zurückkehren. Es gab nicht viele Entitäten in seiner Welt – seiner Dimension, oder wie auch immer sich sein Zuhause von hier unterschied – die sich für die Menschen interessierten, aber diejenigen, die es taten, waren ein exklusiver Klub von Experten. Vielleicht konnte er sich ihnen anschließen ...

Nun, am Ende war es egal. Sie war Teil einer Welt, die ihn anödete, seinen Widerwillen, sogar seinen Hass weckte. Er würde hier verschwinden, schon sehr bald. Er brauchte nur das elende Buch, das einzige Werk in dieser Welt, das ihm helfen konnte.

Die Hintertür des Lagers, das zu ihrem Laden gehörte, stellte für ihn kein Hindernis dar. Er trat ein, ging zielstrebig zum Büro und nahm das Paket an sich, in dem sein Buch war. Sein Eigentum.

Zu Fuß wanderte er zurück zu seinem Haus. Das Buch regte sich wohlig. Es spürte eine Wesenheit seiner eigenen Art und freute sich über die Gesellschaft. Es hatte viel zu erzählen, und es würde ihm alles enthüllen. Er musste es vielleicht erst füttern, ihm Energie zuführen, aber auch dafür würde er eine Möglichkeit finden.

An einem kleinen Weg mitten im Park regte es sich erneut, diesmal nicht wohlig, sondern alarmiert. Das Buch hatte etwas bemerkt, das es haben wollte.

Er blieb stehen und schaute sich um.

Niemand war in der Nähe, ganz wie gewöhnlich. Er sorgte für Leere um sich herum, um nicht andauernd von diesen widerlichen Menschen belästigt zu werden. Das Buch zappelte in seinem Arm.

Er ließ es los, und als es zu Boden fiel, begann es sich zu verändern. Es bildeten sich längliche Anhängsel, die wuchsen, dicker wurden und sich am Ende zu Krallen versteiften. Auf dem Ledereinband sprossen weiße Haare, bis es komplett voller Fell war. Etwas Rundes, wie ein Geschwür, schnürte sich von der einen Seite ab, an der gegenüberliegenden Seite wuchs ein Schwanz.

Das Buch wurde ein Hund, groß, geifernd, mit gelben Augen und strahlend weißem Fell.

Der Hund schaute zu ihm hoch und zog seine Lefzen zurück. In dem Moment bog ein Spaziergänger um ein Gebüsch und näherte sich ihnen.

Er verstand nicht sofort, doch das Buch schien zu wissen, was es wollte, was es benötigte. Also beschloss er, seine beschränkten Ressourcen zu nutzen, und wandte sich zu dem Neuankömmling um. Der blieb mitten im Schritt wie angewurzelt stehen und starrte ungläubig herüber.

»Du willst zu uns kommen«, suggerierte er dem Spaziergänger stumm. »Du willst unsere Gesellschaft. Jetzt. Komm!«

Der Mensch wehrte sich sichtlich, wand sich, wollte nicht näherkommen, doch schließlich machte er einen zögerlichen Schritt in ihre Richtung, dann noch einen, einen weiteren.

Er lächelte zufrieden. Seine Kraft reichte aus, solch einfache Dinge zu bewerkstelligen. Der Fremde kam näher. Seine Hose hatte vorne einen dunklen Fleck, er hatte sich eingenässt. Ekelhaftes Menschenvolk.

Das Buch ging auf seinen Hundebeinen zu dem Fremden, der unbehaglich auf das Tier herabblickte. Es baute sich vor ihm auf und wedelte mit dem schneeweißen Schwanz. Dann sprang es ihn an und schloss die mächtigen Kiefer um das Gesicht des Menschen.

Er beobachtete das Geschehen interessiert. Ernährte sich das Buch auf diese Art? Um es ihm so leicht wie möglich zu machen, hielt er den Fremden weiter unter seinem Bann. Doch plötzlich wurde seine Konzentration gebrochen.

Ein Knall ganz in der Nähe lenkte ihn ab. Auch das Buch fühlte sich gestört und ließ von dem Menschen ab, der dumpf vor sich hin glotzte.

Gefahr, signalisierte das Buch. Fort!

Also ließ er den Fremden stehen und eilte in Richtung seines Hauses. Der Hund folgte ihm.

In der Villa ärgerte er sich über die Ablenkung, die Vereitelung eines Plans, von dem er nicht einmal wusste, wozu er dienen sollte. Er wollte das Buch befragen, das, kaum dass sie über die Schwelle getreten waren, sofort wieder ein Buch geworden war. Es ruhte auf einem Podest in einem der Zimmer und verweigerte sich hartnäckig jeder seiner Fragen.

Seine Unwissenheit frustrierte ihn.

Erst die Frau in dem Laden, deren Hohn ihn körperlich abgestoßen, fast verletzt hatte – was hatte sie nur getan? Und nun die unerwarteten Fähigkeiten des Buches, dessen Verlangen nach dem Fremden und seine Verweigerung jeglicher Erklärungen.

Er wollte endlich Antworten!

XV

Mimi war stolz drauf, in ihrem Restaurant »Fleischhüttchen« alles alleine zu machen. Anfangs war der Laden nicht gut gelaufen, dann wurde es besser und sie hatte sogar ein paar Helfer einstellen können. Aber mittlerweile wollte niemand mehr Fleisch essen. Alle waren sie auf diesem komischen Gesundheits- und Ethik-Trip.

Dabei schlachtete sie doch selber! Von Anfang an gab es bei Mimi nur selbst gezogene und eigenhändig geschlachtete und zerlegte Tiere. Glückliche Tiere, wohlgemerkt, denn dafür garantierte Mimi.

Das heutige Tagesgericht – wenn denn Gäste kämen – würde Richard werden. Letzte Woche auf der Weide, heute im Gulasch. Er war ein Prachtexemplar, groß, muskulös, agil, ein Bild von einem Rind. Aber leider durften die Jungs nicht zu alt werden, wenn man sie noch essen wollte. Und zur Zucht war er nicht geeignet, zeigte er doch keinerlei Interesse an sexuellen Aktivitäten mit den Kühen der Herde. Vielleicht war Richard ja schwul.

Mimi hatte Richard mit der Flasche aufgezogen. Nun hatte sie ihm den Garaus gemacht und würde als Erste von seinem wunderbaren Fleisch kosten. Sowohl als Gulasch, als auch als schönes Steak. Englisch natürlich. Richard hatte immerhin so eine elegante Art gehabt.

Mimi betrat ihre Küche. Überall war Blut. Die weißen Wände waren über und über mit feuchtem Rot gesprenkelt und in einer Lache am Boden lag ein Kopf – der große, verwesende Kopf ihres lieben Richards. Mit leeren Augen starrte das tote Tier Mimi an. Sie ließ sie gerne zusehen, wenn sie ihr Fleisch verarbeitete.

Auf der Anrichte türmten sich Fleischbrocken, teils mit Fellresten, teils Knochen.

Pfeifend zückte Mimi ihr großes Messer und machte sich daran, das Gulasch zu bereiten. Richard verarbeiten, in Ruhe essen, dann herausfinden, was der Glatzkopf sein mochte. Und was er von ihr wollte.

XVI

Er hat mich besucht.

In meinem Traum? Oder war er wirklich hier?

Er will jetzt häufiger kommen. Nachts, wenn ich schutzlos bin. Aber ich werde nicht schutzlos sein: Ich werde nicht mehr schlafen. Nicht mehr schlafen, das kann nicht schwer sein. Das werde ich tun, denn er darf nicht an mich heran, er darf mich nicht kriegen, er ...

Er hat mir eine Geschichte erzählt.

Eines Tages, vor vielen Äonen, verirrte sich ein Gott auf die Erde. Das ist an sich nichts Besonderes, Götter wandeln andauernd auf Erden. Wo sie Spuren hinterlassen, wo es Zeugen gab, gedeiht die Saat der Religion.

Manche Götter sollen uns Schriften geschenkt haben, direkt, wie das Buch Mormon, oder indirekt über ihre Propheten, wie den Koran. Manche von ihnen haben die Menschen Dinge gelehrt, bevor sie uns wieder verlassen haben.

Aber dieser eine Gott war nicht freiwillig auf der Erde. Er ist nicht gekommen, weil er eine Religion stiften oder die Menschen erforschen oder sie einfach besuchen wollte. Er wurde hierher verbannt, aus welchem Grund auch immer. Vielleicht hat er ein Verbrechen begangen, oder er war zu eitel, oder es war schlicht ein Unfall.

Dieser Gott hat in seiner Verzweiflung Experimente durchgeführt, um durch die Dimensionen zu reisen und den Weg nach Hause zu finden. Und diese Experimente hat er in einem magischen Buch dokumentiert.

Als er schließlich Erfolg hatte, belegte er das Buch mit einem Bann, der es vor den Menschen verstecken sollte.

Verständlich, immerhin enthält es die Wegbeschreibung

zu einer Dimension, die die Götter als ihre Heimat betrachten und in der die Menschen nichts zu suchen haben. Fortan war es unauffindbar und nur ein Gott hat die Macht, es zu sich zu holen.

Das hat er nun getan. Er hat sich das Buch geholt. Er will wieder nach Hause.

Und er will mich mitnehmen.

Ich werde nicht schutzlos sein. Nein. Ich schlafe einfach nicht mehr.

XVII

Die Frau erwachte nach einer unruhigen Nacht und wunderte sich, warum sie keinen Wecker hörte. Dann fiel ihr ein, dass sie frei hatte. Heute, morgen ... sie wusste gar nicht genau, wie lange.

Lange.

Dann überfiel sie ihr Dunkel: Sie hatte frei. Das bedeutete, sie hatte keinen Grund, ihre Wohnung zu verlassen. Das wiederum bedeutete, sie würde es auch nicht tun.

Wie eine amorphe graue Masse erstreckten sich die freien Tage vor ihr, unstrukturiert, ohne Regeln. Wie so oft dachte sie daran, sich einen neuen Job zu suchen, einen, der sie nicht in Kontakt mit so vielen Leuten zwang und den sie bewältigen konnte, ohne schon wieder zusammenzubrechen. Ohne nach ein paar Wochen oder ein paar Monaten oder vielleicht sogar erst ein paar Jahren erneut im Krankenhaus aufzuwachen, weil die Überforderung sie kaputtgemacht hatte.

Stocksteif lag sie im Bett auf dem Rücken, starrte an die Decke und hatte Angst. Wie immer, wenn die Dunkelheit sie sofort nach dem Aufwachen überfiel, fürchtete sie, dass es ewig so bleiben würde. Dass das fragile Gleichgewicht, das sie sich so hart erkämpft hatte, zerbrechen würde.

An Tagen wie heute.

Oder wenn sie nachts aufwachte.

Oder wenn sie einen Moment lang glücklich war und ihr dann die Dunkelheit einfiel und sie vom Glück in die Trauer stürzte.

Tränen rannen ihr über die Wangen.

Sie wünschte sich ein anderes Leben.

XVIII

Was zur Hölle wollte dieses verdammte Buch nur?

Es sprach nicht zu ihm. Es behielt seine Geheimnisse für sich. Er hatte schon alles Mögliche versucht: Er hatte ihm das Fleisch des stinkenden Mannes angeboten, dann sein geronnenes Blut, verschiedene Reste seiner Organe, Wasser, Staub, andere Bücher. Es hatte nichts angenommen.

Ratlos stand er vor dem Buch. Er drehte es hin und her, konnte aber auf der Außenseite keine Hinweise auf seine Gelüste finden. Schließlich beschloss er, es in der Alten Sprache zu versuchen. Immerhin war das Buch schon sehr lange hier, und die Dialekte seiner Heimat hatten eine Vielzahl natürlicher Wandlungen durchgemacht.

Vielleicht wurde es zugänglicher, wenn er es in vertrauter Art und Weise ansprach. So wechselte er in die Alte Sprache, die Sprache des Schöpfers des Schöpfers des Schöpfers, der sein Schöpfer gewesen war, und die er wie alle Wesen seiner Art beherrschte.

Wenn man war wie er, vergaß man niemals etwas. Kein Gesicht, das ihm je begegnet war, kein Wort, das er je gehört hatte, keine noch so kleine und unbedeutende Information konnte ihm jemals entfallen. Manchmal schien das ein Fluch zu sein, musste er doch schier unglaubliche Mengen an Wissen durchkämmen, wann immer er etwas Bestimmtes in Erfahrung bringen wollte. Andererseits fielen ihm viele relevante Dinge auch ganz automatisch ein.

Das Buch schnurrte wohlig, als es die vertrauten Laute vernahm, und antwortete im gleichen Singsang alter Silben und archaischer Töne. Nun verstand er, was es verlangte, damit es seine Geheimnisse mit ihm teilte.

Das Buch war in der Tat alt, uralt, und es war lange vernachlässigt worden, denn niemand hier wusste um seine Macht – oder seine Bedürfnisse. Sein Hunger war unstillbar, deshalb hatte es im Park die Angst des Mannes getrunken, denn Angst war mächtig und hielt lange vor. Die Unterbrechung hatte dem Buch wehgetan – es sehnte sich nach der Angst dieses einen Mannes, wollte ihn unbedingt austrinken, konnte ihn aber nicht mehr spüren.

Jetzt verlangte es Blut, den schwachen Ersatz für menschliche Emotion. Der stinkende Mann vom Speicher lag schlicht schon zu lange und sein Blut war zu fest.

Folgsam verließ er das Haus und machte sich im Park auf der anderen Straßenseite auf die Suche nach einem passenden Opfer. Schnell stolperte er im Dunkel über zwei Gestalten, einen Jungen und ein Mädchen, offenbar in einer Art Paarungsritual vereint. Er trat kräftig auf den Arm des Mädchens, das sofort lauthals kreischte. Der Junge sprang auf und wollte auf ihn losgehen, doch ein Schlag, sanft, fast zärtlich, schickte den jungen Mann ins Gras, wo er leblos liegen blieb.

Das Mädchen rappelte sich hoch, wobei sie den schmerzenden Arm eng an ihre nackte Brust gepresst hielt. Sie wollte wegrennen, doch er packte sie am Hals und zog sie mühelos an sich. Ein paar Sekunden standen sie in enger Umarmung, dann gab auch sie den Geist auf und sank zu seinen Füßen nieder.

Zufrieden packte er seine Beute und überquerte die Straße zu seinem Haus. Die Kleider der beiden konnte er getrost im Park liegen lassen. Er hatte in der kurzen Zeit, seit er hier residierte, schon mehrfach gesehen, wie Penner und herumstreunende Kinder sich vergessener Schals, Pullover und Jacken bemächtigt hatten. Sollte sich doch einer von ihnen um die Spuren dieser kleinen Entführung kümmern.

Das Buch nahm das Opfer dankbar an. Zufrieden schlürfte es das Blut der beiden jungen Leute und absorbierte hungrig ihre Herzen und Hirne. Dann ließ es sich endlich öffnen und bot dem Reisenden seine Geheimnisse dar.

Die ganze Nacht und den ganzen Tag las er, kam aber der Lösung nicht näher. Der Verfasser war ein Idiot gewesen: Er hatte zwar jedes seiner Experimente minutiös aufgezeichnet, am Ende stand jedoch nicht das eine Rezept, das funktionierte, sondern nur eine Reihe von Ergänzungen und Abänderungen zu früheren Versuchen.

Offenbar war es diesem Trottel zu anstrengend gewesen, immer wieder das Gleiche zu schreiben, und so musste er nun jedes einzelne Rezept genau durchlesen und mit den Änderungen aus den folgenden Fehlschlägen und Teilerfolgen abgleichen.

Das Buch selbst half ihm dabei nicht, obgleich er sicher war, dass es das könnte. Es wollte eine Gegenleistung. Es verlangte noch immer diesen Kerl aus dem Park.

Diese Welt war fürchterlich. All seine Erfolge auf dem Gebiet der Wissenschaften brachten ihm hier überhaupt nichts. Nur Ärger und ein schier unkontrollierbarer Zorn tobten in seinem Inneren. Ein Wunder, dass es seine Freunde alle so lange ausgehalten hatten. Die meisten von ihnen waren freiwillig gekommen, und fast alle hatten die Menschheit faszinierend gefunden.

Oh, welch hervorragende Moral sie doch entwickelt haben! Oh, seht die Geisteskräfte dieser unterentwickelten Wesen! Oh, wie viel sie doch aus ihren beschränkten Fähigkeiten zu machen verstehen! Unglaubliche kleine Geschöpfe!

Er selbst fand sie einfach nur idiotisch, langweilig, nichtssagend. Winzige Krabben, ohne Kraft, ohne Intellekt, ohne Kunstfertigkeit. Sie sahen nichts, sie hörten nichts, und vor allem verstanden sie nichts.

Es war Abend geworden, als er das Buch erneut aufschlagen wollte. Es weigerte sich. Statt sich zu öffnen und ihn weiterlesen zu lassen, signalisierte es Hunger und hielt den Einband fest verschlossen. Wütend schlug er mit der Faust in das Leder, was ihm lediglich eine schmerzende Hand einbrachte, das Buch jedoch nicht öffnete. Es ließ nicht mit sich reden. Es wollte Nahrung, und die wollte es sofort.

Und dann – auch damit hielt es nicht hinterm Berg – wollte es gefälligst seinen kleinen Leckerbissen aus dem Park suchen gehen.

Erst danach würde es ihm wieder Zugang zu seinen Geheimnissen gewähren.

Resigniert begab er sich in den Park und suchte in der Abenddämmerung nach einem passenden Opfer. Er fand eine junge Frau, die mit einem lächerlich winzigen Hund spazieren ging. Er folgte ihr ein kurzes Stück. Halb, weil er nicht fassen konnte, was das für ein merkwürdiges Tier war, halb, weil er den Anblick ihres wogenden Hinterteils seltsam anregend fand.

Vielleicht mochten die anderen seiner Art die Menschen wegen ihrer gefälligen Form? Man hörte so einiges von Hybridwesen und ihrem Zustandekommen ... Nach ein paar Minuten kam er wieder zur Besinnung und ärgerte sich über seine Schwäche. Er war nicht hier, um von Intimitäten mit Menschenfrauen zu träumen. Ganz im Gegenteil; er wollte weg, zurück nach Hause.

Die Frau und ihre lächerliche Töle mussten dem Buch genügen, bis die Nacht vorbei war. Dann würde er alles daran setzen, den Mann zu finden, den das Buch wirklich haben wollte.

XIX

Nachdem sie Richard zu einem köstlichen Eintopf verarbeitet hatte, wühlte sich Mimi durch den stinkenden Morast am Boden des Internets. Hier fühlte sie sich zu Hause.

Verschwörungstheorien zur hohlen Erde, die mysteriösen Rassen als Lebensraum diente. Oder vielleicht lieber eine Erde, die nicht rund, sondern flach war, eine Scheibe? Nazis, die sich in der Antarktis versteckten und dort mit UFOs experimentierten. Flugzeuge, deren Kondensstreifen aus

Chemikalien bestanden, die versprüht wurden, um das Wetter zu beeinflussen – oder wahlweise die Menschen – und die man mittels Essig neutralisieren konnte.

Sie nahm sich vor, mehr Essig zu kaufen.

Impfungen, die Autismus verursachten. Medikamente, die Leute töteten.

Und immer wieder UFOs. Immer wieder Aliens.

War der mysteriöse Glatzkopf vielleicht ein Alien?

In einem ihrer Träume hatte er einen Namen erwähnt. Irgendetwas Seltsames ... Richtig, Chanoch.

Mit ein paar Klicks fand Mimi heraus, dass das die hebräische Entsprechung des Namens Henoch war. Dieser Henoch, eine Gestalt, die in der Bibel nur am Rande, dafür aber im sogenannten »Henoch-Buch« als Zentralgestalt vorkam, war angeblich lebendig in den Himmel entrückt worden.

Bibelseiten und Online-Lexika erzählten vom symbolischen Gehalt dieser Überlieferung, die scheinbar ausgerechnet für die äthiopische Kirche von enormer Wichtigkeit war. Aber Mimi ahnte es schon und ihre Kumpane in den einschlägigen Foren bestätigten es: Henoch war natürlich ein Außerirdischer gewesen, der von seinen Leuten abgeholt wurde.

Das Buch Henoch selbst fand sie in einer Sammlung apokrypher Schriften und überflog die ersten Kapitel. Rasch wurde es interessant; Engel, die Gefallen an Menschenfrauen fanden, Kinder mit ihnen zeugten und so Riesen auf die Erde brachten:

Die Riesen fraßen, was an Feldfrüchten und Fleisch verfügbar war, und bald schon war nichts mehr übrig. Also wandten sich die Kinder gegen die Eltern – die Riesen begannen, die Menschen zu verschlingen. Und alle Künste, die die Engel sie gelehrt hatten, halfen den Menschen nicht. Bosheit und Blut füllten von da an die Erde und der Herr im Himmel wurde zornig.

Er wollte die Lösung des Problems selbst in die Hand nehmen, grausam und rachsüchtig, wie er nun mal war: Die abtrünnigen Engel sollten bestraft werden, auf das Härteste, in Fesseln gelegt und in ewige Finsternis verdammt, in der Wüste auf scharfen, spitzen Steinen gebettet und am Ende in unendlichen Feuern verbrannt.

Die Erde sollte in bewährter Manier durch eine Sintflut gereinigt werden, nachdem ein treuer Engel die Riesen vernichtet hatte. Nur wenige Menschen würden überleben.

Henoch war es, der Gott im Namen der Engel bat, das sein zu lassen, was dieser allerdings verweigerte. Daraufhin fand die Entrückung des Henoch statt – also die Heimreise eines als Propheten verehrten Außerirdischen.

Die ausschweifenden Beschreibungen von Himmelreich und Folterkammern für gefallene Engel sparte Mimi sich. Wer glaubte denn schon so einen Quatsch? Auch beim Überfliegen späterer Kapitel schien sich nichts mehr zu tun, was ihr Interesse ähnlich hätte entfachen können wie die Geschichte der umtriebigen Engel zu Beginn.

Sie schloss das Buch Henoch und sah auf die Uhr. Kaum zwei Stunden vergangen. Ob es sich bei der Namensgleichheit zwischen dem Himmelsfahrer und dem Typ aus ihrem Traum um einen Zufall handelte?

Mimi suchte weiter.

Ein weiterer Henoch, Sohn von Adams Sohn Kain,

erschien ihr so unauffällig, dass sie ihn vorerst ignorierte. Sie behielt lediglich im Hinterkopf, dass es in der Bibel mehrere Henochs gab. Man wusste ja nie. Doch der Apokalypsen-Henoch, der erschien ihr vielversprechend.

Irgendwann verlor sie die Lust. Obwohl sie ihres Erachtens beachtliche Fortschritte gemacht hatte, kam sie sich doch nach wie vor ahnungslos vor.

Ein Forum, das sie bisher eher am Rande durchgeschaut hatte, erweckte ihre Aufmerksamkeit, als sie dort einen nicht mehr aktiven User entdeckte, der sich »Chanach« nannte. Offensichtlich jemand mit Ahnung von Religion oder Hebräischkenntnissen oder ... Mimi wusste es nicht.

Seine Beiträge waren allesamt alt und wortkarg und schon nach kurzer Zeit wurde es Mimi zu anstrengend.

Dann stieß sie auf die Göttergeschichten. Und las mit neuem Elan weiter.

XX

Ich habe versagt. Er war wieder bei mir. Ich muss eingeschlafen sein.

Vielleicht haben mir die Schwestern ein Mittel untergeschoben. Sie beobachten mich, ich weiß es. Nicht zu schlafen, das ist nicht normal, das ist nicht gut.

Was nicht gut ist, wollen sie unterbinden.

Er kam wieder, mit seinem verfluchten Hund, und sprach zu mir. Drängend, als wollte er mich von etwas überzeugen.

Noch bevor die Idee der Zeit aufkam, entstanden Räume, das hat er gesagt. Nicht *der* Raum, der war tatsächlich schon immer da, aber die Unterteilung des einen Raums in Ebenen.

Diese Unterteilung, die Erschaffung von getrennten

Räumen, kam erst auf, als die Götter beschlossen, dass sie notwendig war. Denn am Anfang war nicht das Wort; am Anfang war die Langeweile.

Langeweile, gepaart mit Einsamkeit. Unverständlich für eine Entität, die sich der transzendentalen Kontemplation verschrieben hatte.

Eine Teilung wurde nötig, um Befruchtung, um einen kreativen Prozess zu ermöglichen. So begann die große Aufgabe der Schöpfung: Der Eine wollte den Raum teilen, der Nächste wollte die neuen Räume füllen, wieder ein Anderer wollte diese Räume erst einmal entdecken. So entstanden Überraschungen, Neuigkeiten, aber auch Zwietracht und Missgunst.

Der schwarze Mann aus dem Park ist ein Wissenschaftler. Er hat sich in unendlicher Neugier der Erforschung unbekannter Dinge und Vorgänge verschrieben. Nun ist er gegen seinen Willen in einer ihm fremden und unangenehmen Dimension gefangen.

Da ist er nicht der Erste.

Und er hat das Buch. Es lebt, dieses Buch. Es will fressen.

Wenn Götter reisen, bedeutet das den Tod für alle Wesen, die sich in der Nähe aufhalten. Es bedeutet Feuer und Blitz und einstürzende Brücken und brennende Wälder und Flüsse, die über ihre Ufer treten.

Immer bleibt etwas zurück, und selten ist es gut für die Überlebenden.

Er will mich doch nicht mitnehmen. Dieses Buch, es will mich fressen.

XXI

Er saß noch immer über dem Buch, das in enervierend kurzen Abständen nach neuer Nahrung verlangte, als er es zum ersten Mal spürte. Verwirrt blickte er auf und überlegte, ob sich nun endlich die mystische Verbindung aufbaute, die das Buch angeblich mit seinem Herrn einging. Vielleicht teilte es ihm so mit, dass es schon wieder hungrig war.

Auf dem Dachboden stapelten sich regelrecht die Überreste all der Penner und Herumtreiber, die er sich aus dem Park geholt hatte, um sie an das Buch zu verfüttern.

Die Energie der Menschen war es, die es benötigte, so hatte es erklärt. Junge Menschen haben mehr Energie, also mussten sie bevorzugt das Opfer bringen. Offenbar gab es allerdings in dieser Stadt nicht viele Kinder, und die wenigen wurden allesamt streng behütet.

Vielleicht lag es auch an der Kürze der Dunkelheit: Kinder, so nahm er an, schliefen mehr als Erwachsene und waren deshalb oft bereits bei Sonnenuntergang im Bett. Er sah keine Chance, unbemerkt an sie heranzukommen, also musste er das Buch eben häufiger füttern.

Die einzige echte Alternative, die es ihm aufgezeigt hatte – der Mann aus dem Park – war für ihn bisher unauffindbar.

Er schaute das Buch prüfend an, aber es sah nicht bedürftig aus und das Gefühl blieb diffus. Er fragte es nach seinem Zustand und es signalisierte Zufriedenheit.

Was fühlte er dann? Eine von den Verrückten? Das Buch hatte ihm erklärt, dass die geistig Verwirrten unter den Menschen sich seit jeher zu solchen wie ihm hingezogen fühlten. Die Verwirrten und die Unglücklichen. Deshalb war diese

Irre in seinen Unterschlupf eingedrungen und deshalb hätte er sie nicht in Besitz nehmen dürfen.

Jetzt wurde er sie nicht mehr los, ihr Wahnsinn lauerte nach wie vor in einer Ecke seines Bewusstseins. Und helfen konnte sie ihm auch nicht: Seine Versuche, sie zu benutzen, waren reine Zeitverschwendung gewesen.

Er hätte sich überwinden und sie einfach töten sollen!

Er lauschte in sich hinein und sortierte die ihm bekannten Empfindungen. Aber dieses neue Gefühl ließ sich nicht begründen. Es war wie eine Ahnung von Gefahr mit noch etwas – Erwartung.

Draußen war es hell geworden, ohne dass er es bemerkt hätte. Zeit hatte ihn nie interessiert, und die Zeit dieses Ortes war ohnehin vollkommen beliebig. Er ging zum Fenster, blähte prüfend die Nüstern und sog die Luft eines faulen Morgens tief in sich ein.

Aber außer den üblichen Gerüchen nach Menschen, Häusern, Autos, der fahlen Sonne und dem Park mit seinen Wiesen, Bäumen und all dem Getier nahm er nichts wahr.

Er wandte sich vom Fenster ab und ging zurück zu dem Buch. Es hatte seine letzten Geheimnisse noch immer nicht enthüllt und seine Geduld schwand.

Dann würde er eben auf die Suche nach diesem Mann gehen, dem aus dem Park. Wenn er nach Hause wollte, musste er den Weg finden, und dafür musste er dem Buch geben, was es so dringend verlangte. Das Buch bemerkte, was er plante, und wandelte sich sofort aufgeregt in den weißen Hund, den es benutzte, um sich in dieser Welt bewegen zu können.

Schwanzwedelnd und fröhlich hechelnd lief es dem Mann voran auf die Straße und nahm die Witterung auf.

XXII

Mimi hatte stundenlang recherchiert, und jetzt zeichnete sich endlich ein Bild ab.

Der Glatzkopf war kein Alien, o nein, er war nicht wie Alderon. Er kam nicht von den friedlichen Welten fern von unserer Erde – er kam aus einer ganz anderen Dimension!

Der Kerl war kein Mann, nicht mal ein Mensch. Nicht mal so was Ähnliches. Er war ein Wesen aus einer anderen Dimension, das in unsere geschleudert worden war und jetzt nicht wieder zurückkonnte.

Und er war in ihr gewesen! In ihr, der guten, treuen Mimi!

Andere Dimension, kein Alderaner – das konnte nur eines bedeuten: Glatze war ein Gott. Ein echter Gott!

Und er war offensichtlich nicht der Erste, der auf der Erde gestrandet war, denn da gab es diese Bücher. In ihrem Traum war doch auch ein Buch gewesen. Das hatte Futter verlangt, ein ganz bestimmtes Blut. Erst dann würde es dem Gott die Wegbeschreibung geben.

Aber was er vorhatte, musste gefährlich sein. Das wusste doch jedes Kind, dass man mit Reisen zwischen den Dimensionen vorsichtig sein musste. Das schrieben ihre Freunde in den Online-Foren auch immer. Wenn dieser kahlköpfige Gott einen Weg nach Hause fand, dann würde er hier alles kaputtmachen. Garantiert.

XXIII

Wieder Traum und wieder er bei mir. Nicht richtig, nur Schatten. Aber Hund, Höllenwesen, sehr real, wirklich da und leckt an mir.

So viel Ekel habe ich noch nie gespürt, ich hätte mich um ein Haar übergeben. Eine riesige, nasse Zunge, heiß und weich, die gierig über meine Haut leckt, wieder und wieder.

Ich konnte mich nicht rühren.

»Du schmeckst gut«, sagte das Vieh, »ich will dich haben, ganz, du hast die Kraft, die mir fehlt, du bist der Schlüssel zum Ritual.«

wiederholte das schneller lauter leckte immer leckte

schatten erzählt geheimnis, redet schöpferische kraft und veränderung umwelt und klinik und freiwillig kommen und mich stellen ihm und höllenhund

HÖLLENHUND! HÖLLENMANN!

XXIV

Endlich hatte sich das Buch auskunftsfreudig gezeigt. Es hatte die Fährte des Mannes aus dem Park aufnehmen können, weil es von ihm gekostet hatte, einen Teil seines Seins in sich aufgenommen hatte. Die beiden waren dadurch verbunden und würden es bleiben, bis das Buch auch den Rest des Mannes vertilgt hatte.

Sie hatten ihn gesucht und gefunden – er war in eine Einrichtung gebracht worden, die angeblich zerbrochene Seelen heilen und aus der Bahn geworfene Menschen auf den rechten Weg zurückführen konnte. Er wusste nicht, wie er das zu verstehen hatte, doch die Schreie aus dem Inneren des Traktes, in dem ihr Opfer untergebracht war, klangen köstlich in seinen Ohren.

Jedoch konnte er nicht hinein. Warum, verstand er nicht, aber es war ihm unmöglich, dieses Gebäude zu betreten. Ob es an den Schmerzen lag, die hier wohnten? Den

Ausdünstungen der vielen Medizin? Was auch immer es war – er kam nicht an sein Opfer heran.

Tagelang waren sie um das Haus geschlichen und beobachteten den Mann, den das Buch unbedingt haben wollte. Er hatte versucht, ihn erneut zu sich zu locken, wie vor ein paar Tagen im Park, aber vergeblich. Warum nur blieb ihm dieser Weg versperrt?

Er verfluchte sein Desinteresse an dieser verdammten Welt. Zu gerne würde er diese Menschen zugrunde richten und mit ihnen ihre stümperhafte Magie. Dass sie es schafften, ihn so auszutricksen, machte ihn rasend.

Wieder lamentierte das Buch, es brauche unbedingt die restliche Seele dieses Mannes, nur noch dieses einen Mannes, dann würde es alles offenbaren, was der Reisende wissen wollte. Dann würde es ihn nach Hause bringen. Diesen einen Menschen nur – oder alle anderen.

»Es reicht!« Seine Stimme dröhnte durch die leeren Zimmer. Das Buch erzitterte vor Schreck und klappte zu – ein kleiner Donnerschlag.

Es reichte ihm tatsächlich. Das Buch erwies sich als ebenso stur wie gefräßig und er hatte schlicht keine Lust mehr, sich weiter als Bittsteller zu fühlen. Er würde diesen Mann kriegen, koste es, was es wolle.

Nur endlich diese elende, langweilige und dumme Welt verlassen!

Er packte das Buch und machte sich auf den Weg zu dem einen Mann, den es ihm zur Bedingung gestellt hatte.

XXV

Mimi hatte es geahnt: Der Glatzkopf – der Gott, wie sie jetzt sicher wusste – hatte sich in sein Haus zurückgezogen und Pläne geschmiedet. Sie hatte stundenlang hier gekauert und die Fenster beobachtet, das Gebrüll belauscht und in ihrem Versteck ausgeharrt.

Warten konnte sie schon immer gut: als Kind auf ihre Mutter, wenn die mal wieder nicht daran gedacht hatte, den Hausschlüssel unter dem Stein im Vorgarten zu verstecken; als Jugendliche auf die Jungs, die sie zu Verabredungen abholen wollten und später auf ihre Periode, wenn besagte Jungs sich mal wieder gegen Kondome gewehrt hatten; als Erwachsene auf den Moment, in dem ihr Plan vom Lokal aufgehen würde und sie auf eigenen Füßen stehen konnte. Auf Gäste in ebendiesem Lokal.

Jetzt wartete sie eben darauf, dass sich ihr Schicksal erfüllte.

Was Glatze als Nächstes tun würde, wusste sie nicht. Aber sie war sich sicher, dass es übel werden würde. Ganz übel.

Jetzt trat er aus der Tür, hinter ihm ein schneeweißer Hund, und machte sich schnellen Schrittes auf in Richtung der Weststadt.

Mimi folgte ihm.

XXVI

Wut. Als er das Haus erreichte, zu dem das Buch ihn immer wieder geführt hatte, war seine Wut ins Unermessliche gestiegen.

Er nahm all seine Kräfte zusammen und beschwor einen Wind, wie er es vor Urzeiten gelernt hatte. Es war einfacher, als er angenommen hatte, selbst auf dieser Welt. Doch als die ersten Ziegel sich vom Dach erhoben, die Fensterscheiben klirrten und die Türen in ihren Angeln ächzten, spürte er das Gewicht des Gebäudes auf seinen Schultern und in seinen Händen. Es wurde schwerer und schwerer, drückte ihn schier zu Boden.

Er bäumte sich auf, stemmte sich gegen die Last der Steine, des Glases, des Holzes, des Fleisches. Seine eigene Schwäche befeuerte die Wut und die wiederum gab ihm neue Kraft.

Steine lösten sich aus den Mauern und flogen umher, Menschen schrien. Auch er schrie, brüllte seinen Frust in die Welt und wischte mit einer raschen, kraftvollen Bewegung seiner Arme das Mauerwerk beiseite.

Das Gebäude stürzte ein.

Da war es, sein Ziel. Gelassenheit ersetzte die unbändige Wut; seine Kraft war ohnehin aufgebraucht. Er fiel auf die Knie.

Der Hund neben ihm winselte aufgeregt. Er spürte ebenfalls, dass seine Nahrung nah war, dass der letzte Happen, der köstliche, köstliche Schmaus, auf den er so lange hatte warten müssen, in greifbarer Nähe lag.

XXVII

»Sie verstehen nicht«, flüsterte die Frau. »Ich will nicht eingewiesen werden. Ich will nur etwas, das mir hilft. Schnell.«

Das Sprechen strengte sie an, aber die Pflegerin an der Rezeption der Psychiatrie hörte nicht auf mit ihren Fragen.

»Nein, *Sie* verstehen nicht. Frau Dr. Siemann ist gerade nicht da, und ich kann Ihnen nicht einfach irgendwelche Medikamente geben. Sie müssen sich schon untersuchen lassen. Und dafür brauchen wir einen Termin.«

Die Frau wollte sich verstecken. Sie wollte zurück in ihr Bett, die Decke über den Kopf ziehen, die Außenwelt ignorieren. Das hatte ihr in der Vergangenheit zwar auch nicht geholfen, aber es war einfacher, als sich den Dingen zu stellen. Sich den Dingen *sofort* zu stellen.

Normalerweise halfen ihr die Tage im Bett, zumindest, ein wenig Kraft zu schöpfen. Manchmal halfen sie ihr, überhaupt wieder aus dem Loch herauszukriechen. Viel zu oft hatte sie das Gefühl, dass alles über ihr zusammenstürzte und sie keine Chance hatte, heil aus dieser Misere herauszukommen. Dann konnte sie gar nicht anders, als sich ins Bett zu legen und auszuharren, bis die Überforderung, die Reizüberflutung von selber verging.

Danach konnte sie sich den Dingen stellen. Eines nach dem anderen, wie ihre Therapeutin es ihr geraten hatte; eines nach dem anderen.

Depressionen sind des Teufels.

Depressionen kosten viel, viel Zeit.

Die Frau war immer wieder erstaunt, wie vielen Leuten es ebenfalls ständig beschissen ging. Sie war nicht die Einzige, die so oft nicht funktionierte – andere Leute gingen nur anders damit um. Bei vielen wurde es erst sichtbar, wenn sie so lange erfolgreich alles verdrängt hatten, was ihnen Angst einjagte oder sie überforderte, bis sie körperlich krank wurden. Und dann hatten sie einen guten Grund, sich behandeln zu lassen und ein wenig zusammenzubrechen – einen gesellschaftlich anerkannten Grund.

Sie kannte einige solcher Leute aus den Kliniken, in denen sie gewesen war. Chronisch Kranke, die erst durch die Psychotherapie hinter die Ursache ihrer Leiden kamen und es bereuten, sich dem nicht früher gestellt zu haben.

Wieder andere brachen wegen unerwarteter Veränderungen oder Trauerfällen zusammen, nahmen sich dann die Zeit und manchmal sogar die Hilfe, die nötig waren, um die Teile wieder zusammenzusetzen, und starteten in die nächste Runde.

Dauerhaft glücklich, das ahnte die Frau schon lange, war niemand.

Sie selbst hatte die letzten drei Tage im Bett verbracht. Sie trank Wasser aus der Leitung und ging zur Toilette, ansonsten versteckte sie sich zwischen Decken und Kissen. Liegen. Schlafen. Weinen. Von vorne.

Das konnte so nicht weitergehen, dessen war sie sich bewusst. Der Hunger war es schließlich, der sie aus dem Bett und nach draußen getrieben hatte, hierher. Appetit hatte sie keinen, konnte sich auch nicht zum Essen zwingen, aber ihr war klar, dass sie irgendwann wieder würde essen müssen. Also war sie aufgestanden, hatte sich eine Hose und einen Pullover übergezogen und sich auf den Weg gemacht.

Ihre Therapeutin war die einzige Anlaufstelle, die ihr jetzt einfiel. Aber zu der konnte sie nicht vordringen, denn diese offensichtlich genervte Pflegerin an der Pforte der psychiatrischen Klinik wollte ihr nicht helfen. Ohne Termin, das war der Frau klar, keine Ärztin.

Ohne Einweisung keine Akuthilfe.

Aber konnten die ihr nicht wenigstens ein bisschen Tavor in die Hand drücken, das sie über die nächsten Tage brachte, damit sie dann den Weg der Bürokraten beschreiten und versuchen konnte, wieder zu sich zu kommen?

»Ich kann Sie höchstens hierbehalten, auf der Notfallstation. Wollen Sie hier ...«

Ehe die Pflegerin ihre Frage beenden konnte, brach die Hölle los.

Steine flogen. Glas splitterte. Ein Wind, wie die Frau ihn noch nie erlebt hatte, fegte durch das Gebäude. Sie ließ sich auf den Boden fallen und zog schützend ihre Arme vor den Kopf. Menschen rannten durcheinander, einige stürzten und wurden von anderen Flüchtenden getreten, überall gellten Schreie, wallte Staub, flogen Trümmer.

Die Pflegerin schrie gellend, dann brach der Schrei in einem nassen Gurgeln ab. Die Frau blickte auf und sah einen riesigen Hund auf dem Empfangstresen, schneeweiß, der gierig das Blut aufleckte, das aus der aufgerissenen Kehle der Pflegerin spritzte.

Sie spürte etwas Warmes an ihrer Brust und sah, dass ihr Shirt von rotem Nass durchtränkt war. Kurz stieg Ekel in ihr auf, dann setzte erneut der Überlebensinstinkt ein und sie rannte los, Richtung Ausgang.

Mit einem Blick über ihre Schulter sah sie wieder den Hund. Er hob den Kopf – die Schnauze jetzt nicht mehr weiß, sondern blutrot – und witterte in die staubgeschwängerte Luft. Dann richtete er den Blick auf die Frau und zog die Lefzen hoch.

Es sah aus, als würde er grinsen.

Sie rannte schneller.

XXVIII

Mimi konnte nicht fassen, was sie hier sah. Die psychiatrische Klinik, zu der ihr neuer Gott sie geführt hatte, war nicht mehr als solche zu erkennen. Hier lag nur noch ein Haufen Schutt. Betontrümmer und Tapetenreste und Möbelstücke und zerfetzte und zerquetschte Menschenleiber.

Im Tod sehen Menschen aus wie Vieh, dachte sie.

Und hier gab es viele tote Menschen. Zu viele.

Nachdenklich hockte sie sich hin. Der für die Jahreszeit untypisch warme Wind blähte ihr den Rock und zerzauste ihr Haar. Vor ihr auf dem Boden lag ein Kind, ein kleiner Junge, halb unter einer eingestürzten Wand. Sein blondes Haar war grau vom Staub und sein Gesicht blutverschmiert. Jetzt blutete er nicht mehr. Er war tot, sehr offensichtlich tot.

Mimi streckte die Hand aus und strich ihm eine filzige Haarsträhne von der dreckigen Stirn. Ihre Berührung war zart und vorsichtig, dennoch rollte sein Kopf sofort zur Seite, als habe sie ihm eine Ohrfeige verpasst.

Genickbruch?

Um das zu testen, packte sie eine Handvoll Haar an der Oberseite seines Kopfes und schüttelte ihn hin und her. Das ging erstaunlich leicht und fühlte sich sehr merkwürdig an. Nicht mal wie bei einer Puppe, dabei hatte sie immer gedacht, zerschmetterte Menschen wären wie Puppen. Nein, es ging viel leichter als bei einer Puppe. Kein Widerstand war da mehr.

Sie ließ los und sein Kopf sackte nach vorn, als hätte sie ihn gemaßregelt und er würde beschämt den Blick zu Boden senken.

Schade, dachte Mimi und stand dann auf. Er sah nett aus.

Als sie sich umblickte, bemerkte sie die vielen Schaulustigen, die neugierig die Trümmer begafften und zum Teil sogar mit ihren Handys filmten. Das machte sie nervös.

Was machten die da? Was sollte das? War das hier jetzt schon alles vorbei? Aber der Gott sollte doch die Welt zerstören, so hatte sie es in dem Forum gelesen. Er sollte auf seinem Weg nach Hause nicht einfach ein Gebäude einstürzen lassen, sondern alles mitnehmen.

Wo war er überhaupt?

Mimi wusste nicht recht, was sie tun sollte. Alles in ihr schrie danach, wegzulaufen, von diesem grässlichen Ort zu fliehen und sich irgendwo zu verstecken, bis es vorbei war, bis sie vergaß, was sie alles hatte mit ansehen müssen. So viel Blut, so viel Elend.

Dann entdeckte sie ein gleißendes Licht. Es war wunderschön, anziehend. Alles in ihr drängte zu diesem Licht, zog sie regelrecht magnetisch an.

Auf solch starke Gefühle muss man hören. Das hatte Mimi schon immer getan, das würde sie auch jetzt tun.

XXIX

Fasziniert beobachtete er das Buch. Es war nicht richtig Buch, nicht vollkommen Hund. Es hatte eine andere Form, die er nicht identifizieren konnte, und das versetzte ihn in Erstaunen.

Es kam selten vor, dass einer von seiner Art mit etwas konfrontiert wurde, das ihm völlig neu und unbekannt war. Seit seinem Unfall, der ihn in diese Dimension geschleudert hatte, passierte ihm das entschieden zu häufig.

Doch er war und blieb nun einmal ein Forscher, einer, der sich für das Unbekannte interessierte. Einer, der danach strebte, zu verstehen, was anderen ewig verschlossen bleiben würde. Also wollte er sich ganz genau einprägen, was das Buch tat, jetzt, da es die Befriedigung erlangt hatte, den Mann aus dem Park verschlingen zu dürfen.

Mehr noch – nachdem der Mann nun Teil des Buches war und das Buch sich vollständig fühlte, hatte es in seiner Raserei auch andere Menschen zerrissen und verschlungen, die ihm zu nahe gekommen waren. Es hatte ein Festmahl sondergleichen genossen, ein Blutbad erlebt, wie es schon viel zu lange nicht mehr vorgekommen war.

Und jetzt bot es sich ihm dar, bedankte sich bei ihm für diese ultimative Fütterung, indem es zu ihm kam, sich für ihn öffnete und ihn einlud, es zu benutzen, wie es ihm gefallen möge. Vorsichtig hob er das Buch vom Boden auf und drückte es an seine Brust.

Es durchfuhr ihn wie ein elektrischer Schlag.

Das Buch wurde heiß, immer heißer. Er wollte es fallenlassen, doch das ging nicht mehr – das Leder des Einbands, das dicke Papier der Seiten, sie schmolzen. Sie schmolzen in ihn hinein. Durch seine Brust drang das Buch in seinen Körper, löste sich in ihm auf und offenbarte so alles, was es enthielt.

Das Wissen dämpfte den Schmerz.

Er lächelte entrückt, als er spürte, wie seine Kraft zurückkehrte, die Macht, die er so schmerzlich vermisst hatte, weil dieser elende Ort sie ihm geraubt hatte. Er spürte, wie er wuchs, wie alles in ihm größer wurde und breiter, wie er strahlte in seinem göttlichen Licht.

Die alten Geschichten, die das Buch ihm in den letzten Wochen erzählt hatte, die dummen Geschichten der Götter, die seines Erachtens alles falsch gemacht und diesen unwürdigen Menschen viel zu viel Freiheit gegeben hatten, wirbelten in seinem Kopf umher.

Er hatte angenommen, das Buch wolle nur von der eigentlichen Antwort ablenken, ihn mit den Geschichten ruhig stellen, seine Ungeduld dämpfen. Aber jetzt, endlich, fielen die Informationen, die die Seiten enthielten, an ihren Platz und fügten sich zusammen, bis ein lückenloses Bild entstand – das Rezept für sein Ritual, die Anleitung zu seiner Flucht von diesem elenden Ort.

Konzentriert betrachtete er das neue Wissen, drehte und wendete es in seinem Geist. Endlich verstand er – es war eine Beschwörung, und sie war nicht einmal besonders kompliziert. Und all das Blut und all das Leid, das er dafür brauchte, hatte das Buch bei seinem Festmahl bereits vergossen und verzehrt. Es war alles in ihm.

XXX

Hinter dem Hügel aus Trümmern und toten Leibern, der da aufragte, wo vor kurzer Zeit noch die psychiatrische Klinik gestanden hatte, fand Mimi den Glatzkopf.

Er hatte die Arme ausgebreitet und den Kopf in den Nacken gelegt. Das Licht, das sie angelockt hatte, ging von ihm aus. Es umgab ihn wie eine Aura. Er sah anders aus, als sie ihn in Erinnerung hatte, größer.

Dann öffnete er den Mund, weit, weiter, unmöglich weit. Ein schwarzes Loch in einem weißen Gesicht. Und dann begannen die Geräusche.

Merkwürdige Laute drangen aus dem schwarzen Loch, Laute, die sie weder wiedergeben noch beschreiben konnte. Niemals hatte sie solche Töne gehört. Sie formten eine Art Melodie, immer wieder von schrillen Dissonanzen unterbrochen.

Mimi presste sich die Hände auf die Ohren, doch es half nichts, der Lärm ließ sich nicht dämpfen. Ihr wurde übel.

Die Übelkeit war heftig, nahm aber noch zu, als sie sah, was als Nächstes geschah: Ein Schwall Blut schoss aus dem weit geöffneten Mund des Glatzkopfs wie ein Geysir. Immer mehr und mehr Blut quoll hervor, ein gewaltiger Strahl, dunkelrot und durchsetzt mit weißen Sprenkeln, die sie nicht einordnen konnte.

Dann rannte Mimi los, ohne zu wissen, warum und was sie tun sollte, wenn sie ihn erreicht hatte. Sie wusste nur, dass hier etwas Grauenhaftes vorging, etwas, das sie unbedingt verhindern musste.

Für die Gaffer von eben. Für ihre Tiere. Für den kleinen toten Jungen. Vielleicht sogar für die Welt.

Schnell kam sie an die Stelle, an der das Blut auf dem Boden aufkam. Es brannte heiß, ein roter Regen, der ihre Haut versengte und sie blendete. Schreiend schützte sie ihre Augen mit dem Arm. Es fühlte sich an, wie sie sich vorstellte, dass sich Säure anfühlen musste. Ein unerträgliches Brennen. Hitze, Kälte, alles gleichzeitig.

Der Regen ließ nicht nach, wurde heftiger, je näher sie dem Glatzkopf kam. Bald reichte ihr der Matsch bis an die Knöchel und bremste sie. Sie stolperte, schlug hin. Das brennend heiße Gemisch aus menschlichen Überresten, Schleim und – nun, da sie darin lag, erkannte sie es – Knochensplittern brannte. Sie spürte, wie der Stoff ihrer Kleidung durch die Hitze mit ihrer Haut verschmolz.

Ihre Schreie wurden zu einem schrillen Kreischen, der Schmerz allumfassend. Sie rappelte sich hoch, wollte weiter rennen, doch mittlerweile war die Flut noch höher gestiegen. Sie watete durch knietiefes Rot, gebremst durch die Hitze, die bei jedem Schritt ihren Körper durchfuhr.

Obwohl der Glatzkopf ununterbrochen diesen Schwall von Schleim und Knochen erbrach, ebbten die merkwürdigen Töne, die von ihm ausgingen, nicht ab. Bald hatte sie das Gefühl, nichts anderes mehr hören zu können, nie wieder.

Wie in einem Albtraum kämpfte sie sich durch die Schmerzen voran.

Dann hörte der Regen auf. Völlig unvermittelt kam Ruhe in den eben noch brodelnden Moloch, durch den sie watete. Etwas stieß an ihren Bauch und sie senkte den Arm und blickte an sich herab. Ein Schädel, offenkundig menschlich, war gegen sie getrieben. Sie würgte, zwang sich aber, weiterzugehen. Langsam, immer langsamer.

Und endlich, nach einer schieren Ewigkeit, stand sie vor dem Gott.

Er war in der Tat gewachsen und ragte fast doppelt so groß wie zuvor über ihr auf. Eine beeindruckende Erscheinung, von der ein magisches Licht ausging. Anbetungswürdig.

Erschöpft fiel Mimi neben ihm auf die Knie. Das Blut schwappte an ihr Kinn. Wieder würgte sie. Er blickte über sie hinweg, leere Augen, ein leichtes Lächeln in dem plötzlich so schönen Gesicht. Blut und Schleim liefen aus seinen

Mundwinkeln, sammelten sich an seinem Kinn und tropften herab. Er schien sich nicht daran zu stören, machte keine Anstalten, den Sabber abzuwischen.

Sie griff nach oben, packte seinen Ärmel und zog. Er senkte langsam den Kopf, blickte sie an, immer noch milde lächelnd. Dann wurde sein Lächeln breiter, wurde ein Grinsen, bösartig. Sein Mund öffnete sich wieder, aber nicht zu dem schwarzen Loch, aus dem der Ozean um sie herum gequollen war, sondern zu dem Maul eines Monstrums. Roter Schleim troff heraus.

»Siiiiehhh«, sagte er.

Der Gott legte Mimi die Hand auf den Kopf. Eine zärtliche Geste voller Liebe. Die infernalischen Töne donnerten immer noch, aber mit einem Mal schmerzten sie nicht mehr, und auch Mimis verbrannte Haut beruhigte sich, als wäre nie etwas gewesen. Er hob den anderen Arm und deutete in die Ferne, in das gigantische Meer aus Blut, das er erbrochen hatte. Gleichzeitig drehte er sanft ihren Kopf herum, sodass sie sehen konnte, was er ihr zeigen wollte.

Sie ließ ihre Hände sinken und starrte auf das Schauspiel, das gerade seinen Anfang nahm.

Der sanft wogende Ozean, den er erschaffen hatte, wölbte sich auf. Wie eine Blase, die sich immer weiter ausdehnte, stieg das Blut an. Dann brachen nach und nach Auswüchse daraus hervor und schwangen sich in die Luft, ein eleganter Tanz von Rot in Rot vor schwarzem Nachthimmel, erleuchtet vom gleißenden Licht des Glatzkopfs.

Fasziniert beobachtete sie, wie sich das Rot immer weiter auftürmte und eine massive Wand formte. Dann begann es, wieder gen Boden zu rinnen, langsam, fast träge. Es legte weiße Strukturen frei. Links eine Säule, rechts eine zweite. Oben eine filigrane Verbindung, zart und schimmernd. Vor ihren Augen entstand ein Tor.

Irgendwann war aller zäher Schleim abgelaufen, der Ozean wogte wieder ungestört, nun aber zu Füßen eines Tores, das ganz aus Knochen gefertigt war. Es war perfekt.

Sie sah die Knochen an ihre Plätze gleiten, ein zierliches Gewimmel von weißen Fingerknöcheln, Schädelfragmenten, Fußzehen, Oberschenkeln und Rippen. Einige intakte Schädel krochen an den Säulen hinauf und formten ein makabres Tympanon. Grinsend wanderten sie an ihren Platz, krönten das neue Tor, als wollten sie es bewachen.

»Sieh!«, sagte er.

Er sprach leise, übertönte aber dennoch die merkwürdigen Laute, die immer noch von ihm ausgingen, aus ihm herausquollen, und die Mimi sich immer noch taub fühlen ließen.

Dann packte er ihren Kopf fester und zog sie hoch. Sie spürte ihre Wirbelsäule knacken und neuer Schmerz schoss durch ihren Körper. Sie wollte schreien, konnte aber nicht. Ein elendes Gefühl, eine Hilflosigkeit, die sie so nicht kannte.

Ihren Kopf fest in der riesigen Hand machte er ein paar Schritte. Die Schmerzen übermannten sie. Verzweifelt griff sie nach oben, bekam seinen Ärmel zu fassen, rutschte ab, fasste nach und konnte endlich den Zug auf ihren Hals verringern, indem sie sich an sein mächtiges Handgelenk klammerte.

Er hielt an und sie ahnte, warum er abwartete, obwohl ihm die Aufregung ob des neu erschaffenen Tores aus allen Poren zu dringen schien.

Dann warf er Mimi einfach fort. Sie prallte gegen die Knochen des Tores und sackte daneben zusammen.

XXXI

Sie war nicht schnell genug gewesen. Die Frau hatte es versucht, hatte flüchten wollen, aber sie war einfach nicht schnell genug gewesen.

Jetzt lag sie zusammengekrümmt halb auf und halb unter einem Berg von Steinen und Glas, der mal den Eingangsbereich der psychiatrischen Klinik gebildet hatte. Ihre Haut brannte, ihr Kopf dröhnte, ihre Ohren summten und ihr Blick flimmerte. Jeder Knochen in ihrem Leib schien verdreht und verkürzt, jedes Organ an einem falschen Platz.

Aber am meisten schmerzte das Gefühl des Versagens. Denn sie hatte versagt, schon wieder. Damals hatte sie es nicht geschafft, ihr eigenes elendes Leben zu beenden, und nun, da es drauf ankam, konnte sie es nicht retten.

Die Medikamente, die man ihr verwehrt hatte, waren jetzt wohl auch egal. Sie würde sterben.

Als jedoch die Welle kam, war wieder alles anders. Eine Flut von Rot rollte heran. Sie ging von dem kahlköpfigen Mann aus, der auf dem Berg aus Schutt stand und der ihr so vage bekannt vorkam.

Blut? Wider Erwarten regte sich ein vergessen geglaubter Überlebensinstinkt in der Frau. Wenn dieses Rot sie erreichte, würde sie *wirklich* sterben. Sie würde ertrinken, eingeklemmt unter Trümmern. Ein schlimmer Tod.

Hektisch zerrte sie an ihrem Bein und konnte sich tatsächlich befreien. Das Rot rollte immer näher. Sie rappelte sich hoch, glitt aus, fiel auf ihren Hintern und kroch, panisch nach der Berührung der heißen Flüssigkeit mit ihrem nackten Fuß, zurück. Zu langsam, garantiert zu langsam. Vergebens, alles vergebens. Sie schloss die Augen und ergab sich in ihr Schicksal.

Dann passierte – nichts. Sollte Sterben doch so einfach sein? Die Frau hob zögernd die Lider. Das Meer aus Blut hatte sie durchaus erreicht, aber nicht überspült. Stattdessen zog es sich zurück, teilte sich neben ihr und legte einen Weg frei. Zu den Seiten des makellos reinen Pfads türmte es sich auf, wogend, Blasen werfend. Der Weg führte von dem Mann – jetzt fiel es ihr ein, das war der Typ, der das merkwürdige Buch hatte haben wollen! – zu einem Konstrukt einige Meter hinter ihr.

Knochentürme?

Die Frau erhob sich und ging näher heran. Ein Tor, so schien es, ein Tor aus Knochen. Sie drehte sich zu dem Mann um.

Er machte ein paar Schritte, fast zögernd, als glaubte er nicht, dass er den Pfad wirklich beschreiten konnte. Dann ging er los und schien dabei irgendetwas zu deklamieren.

Mit wem sprach er? Die Frau sah sich um und entdeckte auf der anderen Seite des knöchernen Durchgangs eine immens dicke Frau.

War das nicht die Irre, die sie im Park gesehen hatte? Die dicke Frau lehnte am Torbogen. Sie wirkte erschöpft.

»Siehst du meine Heimat?«, rief der Kahlkopf. »Siehst du, wie wunderschön sie ist? Dort, hinter meinem Tor, liegt das Paradies. Ihr Menschen seid so klein, so dumm, ihr könnt gar nicht erfassen, was wahre Schönheit ist. Das dort, das ist

Schönheit. Das ist der Garten Eden aus euren armseligen Überlieferungen. Siehst du das Licht? Siehst du diese Farben, die ihr hier überhaupt nicht kennt, in eurer grauen Welt?«

Die Frau verstand nicht, was er meinte. Aber sie verstand schon lange nichts mehr.

Der Mann hatte das Tor fast erreicht, als die Fette zu ihr sah und plötzlich losrannte. Sie war schneller, als man bei ihrer Leibesfülle erwarten würde. Wie ein geölter Blitz schoss sie über den Weg, den der Mann beschritt. Er hielt kurz inne, irritiert von diesem blinden Aktionismus.

Die Frau blickte in die Schwärze hinter dem Tor und fragte sich, was er wohl mit Licht meinte, was mit Farben. Mehr konnte sie nicht denken, denn die Fette war jetzt neben ihr, packte sie am Handgelenk und zog sie auf den Weg.

Ehe die Frau auch nur schreien konnte, lag sie in den Armen des Mannes, der gerade im Begriff stand, das Knochentor zu durchschreiten. Sie sah zu ihm auf. Er sah verdutzt auf sie nieder. Dann spürte die Frau einen beherzten Schubs und stürzte durch das Tor.

XXXII

Nach der Katastrophe kam die Stille.

Eine brüchige Stille, grau und staubig, die sich den wenigen Überlebenden schwer auf Seele und Lunge legte. So einen lauten Knall hatte sie noch nie gehört.

Mimi sah sich um.

Die Stadt war nicht mehr da.

Der Park war nicht mehr da.

Auch nicht auf der anderen Seite des Bachs.

Auch nicht der Bach.

Auch die schönen Villen nicht mehr.

Verwirrt lief Mimi los. In welche Richtung sie ging, wusste sie nicht, denn es gab keine Anhaltspunkte. Keine Häuser, Bäume oder Türmchen, nicht mal die Sonne oder den Mond konnte sie sehen. Um sie herum erstreckte sich einzig leeres graues Ödland, keine Erhebungen, keine Farben: Alles war weg.

Mimi wusste nicht, wie weit sie würde laufen müssen, um wieder so etwas wie Welt zu finden, aber sie wusste, dass ihr im Grunde keine andere Wahl blieb.

Also lief sie los, irgendwohin, möglichst geradeaus.

XXXIII

Schmerz.

Grauenhafter Schmerz.

Er konnte nicht sagen, wo genau dieser Schmerz saß, aber er spürte ihn deutlich. Seine ganze Welt, sein ganzes Sein, war Schmerz.

Dann bemerkte er, dass er am Boden lag. Um ihn war es finster, der Untergrund hart und steinig. Geräusche gab es keine, Gerüche ebenfalls nicht. Er spürte nichts, keine Bewegungen der Luft oder Reize seines Körpers. Allein der harte Boden mit seinen Kieseln und Steinchen und Brocken, manche rund, andere scharfkantig, ließ sich ertasten.

Vorsichtig rollte er sich auf die Seite und zog die Knie an. Dann testete er nach und nach all seine Glieder, streckte und beugte Arme und Beine. Es schien alles in Ordnung zu sein, er war unverletzt. Woher kam dann dieser unfassbare Schmerz?

Aus seiner Seitenlage richtete er sich auf, kam auf die Knie und auf die Füße. Schwindel erfasste ihn, eine merkwürdige Erfahrung, die er noch nicht oft gemacht hatte. Er wartete, bis es vorbei war.

Der Schwindel ging, der Schmerz blieb.

Er blickte sich um, konnte aber in der Dunkelheit nicht viel erkennen. Schemen, die sich als etwas schwärzere Schatten im Dunkel abzeichneten, umgaben ihn. Er kniff die Augen zusammen, drehte sich um sich selbst, spähte in die Finsternis, konnte aber keine Details ausmachen und entdeckte auch nirgends einen Lichtschein.

Plötzlich überkam ihn ein umfassendes Gefühl von Niederlage. Der Schmerz tobte in ihm, und er konnte nichts dagegen tun. Die Schwärze verschlang alles um ihn herum, und auch hier war er machtlos. Die Schemen entzogen sich jeglicher Untersuchung, selbst ertasten lassen wollten sie sich nicht.

Ihm war kalt.

Er stand mitten in einer abstrakten Welt, die er nicht verstand. Einer Welt, die sich allen Versuchen, sie zu erfassen – intellektuell oder physisch – entzog. Ohne, dass sie etwas dafür tun musste.

Er war ein Versager.

Dieser Gedanke wunderte ihn, war er ihm doch ebenso fremd wie Schwindelgefühle. Und anders als der Schwindel wich der Gedanke nicht einfach nach einigen Sekunden.

Versager.

Vollidiot.

Nichts richtig gemacht, nein, im Gegenteil, alles falsch gemacht.

Mal wieder.

Wie immer.

Ungeliebt. Zu Recht.

Verwirrt blickte er sich nochmals um. Wo zur Hölle war er hier gelandet? Das Portal hätte ihn nach Hause bringen müssen, zu seinesgleichen. Eine Welt voller Licht. Stattdessen stand er in der Mitte eines immensen Nichts, in universeller Dunkelheit, und wurde von Emotionen heimgesucht, die ihm bisher unbekannt gewesen waren.

Interessant, dachte er. Spannender zumindest als diese elenden Menschen.

Dann dachte er: Idiot. Du bist so ein Idiot. Und sofort wunderte er sich wieder über diesen Gedanken, der uneingeladen durch seinen Geist tobte.

Seine Augen brannten. Seine Wangen kitzelten. Er spürte etwas Heißes über sein Gesicht laufen. Als er die Hand an seine Augen hob, bemerkte er, dass es Tränen waren. Er weinte.

Der Schmerz ebbte kurz ein klein wenig ab, kehrte aber mit ganzer Macht wieder, als er die Tränen zurückdrängte. Also ließ er sie fließen und hoffte, so ein wenig Zeit zu gewinnen. Zeit, in der sein Geist nicht von dem Schmerz getrübt wurde. Zeit, in der er nachdenken konnte, ohne dass ungebetene Gedankenblitze ihn heimsuchten und ablenkten.

Er näherte sich einem der Schemen und versuchte erneut, ihn zu berühren. Er wollte herausfinden, womit er es hier zu tun hatte. Vielleicht erkannte er ja die Welt, in der er gelandet war, wenn auch nur aus der verblassenden Erinnerung an eine der Erzählungen seiner Studienzeit ...

Der Schemen entzog sich ihm, schien einen Schritt zurückzutreten. Entschlossen folgte er und packte zu.

Erfolgreich: Er bekam etwas zu fassen, das sich wie ein Körper anfühlte. Er zog ihn an sich.

Endlich war ein wenig Licht zu sehen, an dem sein Auge sich festhalten konnte, denn aus dem Dunkel schälte sich ein Gesicht. Es gehörte zu einem kleinen Mädchen. Dünn war es, mit langen Gliedern und spitzen Wangenknochen.

Es kam ihm bekannt vor.

Durch den Tränenschleier erkannte er das Gesicht, das die Frau aus diesem Buchladen gehabt haben musste, als sie noch Kind gewesen war. Er sah es in ihren Augen. Es waren die Augen der Frau im Antlitz ihres jüngeren Selbst.

Die Kälte wurde übermächtig und mischte sich in den Schmerz. Mehr Tränen flossen, als wolle alles Wasser in seinem Körper weichen. Rotz kam dazu, er zerfloss regelrecht und er hasste es.

Da verstand er es.

Diese Frau hatte sein Portal kontaminiert, hatte die Tür zu seiner Welt verkehrt und zu einer Tür gemacht, die in *ihre* Welt führte, eine Welt der Dunkelheit, der Tränen und des Schmerzes.

Und da wusste er auch, dass es aus dieser Welt kein Entkommen für ihn gab.

DANKSAGUNG

Danksagungen mochte ich noch nie & lese sie nur selten.

Aber anderen Menschen mag es da anders gehen, also danke ich an dieser Stelle all meinen Freunden & Freundinnen, Kollegen & Kolleginnen & Fans, die mich so sehr unterstützen, indem sie meine Bücher lesen & meine Auftritte besuchen.

Ohne euch hätte das alles noch viel weniger Sinn!

Besonderer Dank geht an meine Versuchskaninchen Anke, Bettina & Sylvana, die mir mit ihren wertvollen Hinweisen bei der Überarbeitung der Geschichten sehr geholfen haben. Außerdem an Carolin Gmyrek, die mich als Lektorin unterstützt & ermutigt hat. Und natürlich an Jürgen Eglseer, der mir so sehr vertraut, dass er sofort »Hier!« ruft, wenn ich ankündige, ein neues Buch schreiben zu wollen.

Und ich danke Tom, mit dem ich über Kunst, Kultur & Leben diskutieren kann & der mich mit seinen Geschichten & seiner Musik immer wieder inspiriert.

♥!

- Karlsruhe, 18. Dezember 2020